여
기
느

가요

여기는

괜찮아요

전성태 소설집

창비

차례

깡통   007

숲으로   037

가족 버스   069

합석   101

상봉   117

조용한 생활   163

이웃   199

섬으로 가는 엉뚱한 여행   209

여기는 괜찮아요   247

작가의 말   276

수록작품 발표지면   278

깡통

지금 저 멀리서 네가 나의 지평선을 밟고 있듯,

나는 너의 지평선을 밟고 있다.

── 김중일 「지평선」에서

　　오늘의 표제어 선정 과제는 '태' 계열이었다. 태도, 태동, 태란, 태만을 거쳐 '태명'이 나왔다. 한국인 연구원들이 1표제어 '태명(台命)'이라는 낱말을 죽은말로 분류하여 빼고, 2표제어 '태명(胎名)'을 두고 논의를 시작했을 때 네르귀는 몽골어 사전 두 종류를 번갈아 들여다보았다.

　　"우리는 배 속 아기에게 이름을 지어주지 않아요."

　　따라서 몽골어에는 '태명'에 대응하는 명사가 없다고 네르귀는 덧붙였다.

　　네르귀는 한몽사전을 만드는 대학 부설 연구소에 파견

을 나와 있었다. 네 명의 연구원들이 표제어 선정 작업에 반년을 매달려 이제 막바지에 이르러 있었다. 4만여 표제어가 이미 선정되었고, 남은 ㅌㅍㅎ에서 5천 단어쯤 선정하여 표제어로 올릴 계획이었다.

점심시간이 가까워지고 있었다. 네 명의 연구원은 태명을 두고 대화가 길어졌고, 이 시간이면 종종 그러는 것처럼 대화는 토의인지 잡담인지 구분하기 어렵게 되었다. 한국인 동료들은 대부분 젊은 연구자였는데 개똥이니 복길이, 도로시 같은 태명을 갖고 있었다. 만삭인 선임연구원 박 선생은 배 속 아이를 '장금이'라고 불렀다. 그녀는 입덧할 때 내력 없이 타락죽이며 홍시죽순채 같은 드라마에서 본 궁중음식이 몹시 당겼다고 한다. 네르귀는 대장금 얘기가 나올 때면 드라마보다 울란바토르 중심가에 있던 한국식당이 먼저 떠올랐다.

"몽골에서는 태명 지어주면 좋지 않아요."

네르귀가 말했다. 그러자 한국인 연구원들은 또 금기어냐는 표정을 지었다. 몽골은 터부의 땅이라 부를 만했다. 네르귀는 몽골의 무수한 터부는 자연과 조화롭게 살려는 유목민들의 지혜라고 얘기했다. 임산부 앞으로 지나는 걸 경계하는 몽골의 속신에 따라 네르귀는 승강기 같은 데서 박 선생 앞에 서는 걸 조심했다. 네르귀는 관습에 매인 사람은 아니었다. 한국 문화에 맞게 생각과 행동거지가 유연했지만 고비 출신답게 몸에 깊이 밴 유목민의 습관이 종종 드러나곤 했다.

일테면 철새 이야기도 그렇다. 네르귀는 돌아가는 철새를 세면 안 되는 초원의 금기를 들려주었다.

"철새가 몇마리인지 헤아리면 새들에게 해로워요."

그러자 도로시라는 태명을 받고도 기대를 저버리고 남자아이로 태어났다는 김 선생이 말했다.

"큰일 났네, 고비에 갈 때마다 팔베개를 하고선 기러기를 수도 없이 셌는데."

"그거 너무 자연스러운 현상 아냐? 네르귀 샘, 김 샘을 저주에서 풀어줄 방법 없어요? 모든 금기에는 푸는 열쇠가 다 있던데."

박 선생이 말했고 네르귀까지 포함하여 그들은 모두 웃었다. 네르귀가 벌주는 선생님처럼 말했다.

"첫눈이 오는 날 하늘을 올려다보지 마세요."

김 선생이 반색했다.

"첫눈 오는 날 고개를 들지 말라고요? 그까짓 것 되게 쉽네요."

"과연 쉬울까?"

박 선생이 고개를 갸웃했고, 그녀는 벽시계를 보고는 네르귀에게 물었다.

"또 무슨 재밌는 금기 없어요?"

이대로 점심시간을 맞고 싶어하는 눈치들이었다. 네르귀는 무슨 얘기를 전해줄까 골똘해졌다가 활짝 웃으며 말했다.

"빗방울이요. 손으로 받으면 안 돼요."

그는 손바닥을 펴서 빗방울을 받는 시늉을 했다.

"빗물이 그에게 속하게 되고 그러면 물이 귀한 대지에서 모든 생명들이 위험에 처해요. 우리는 배 속 아기를 위해 옷도 짓지 않는걸요. 세상에 곧 올 사람이지만 빈 나이의 아기에게 무엇을 해서는 안 돼요. 조심해야 해요. 보그드 성산(聖山)을 앞에 두고 그 이름을 함부로 부르지 않는 것처럼요."

"그냥 큰 산이라고 한댔지요?"

한국 동료들은 네르귀가 박 선생에게 태아의 건강을 물으며 "새 사람은 잘 지냅니까?" 하던 익살스런 인사말을 떠올렸다. 그저 장난스런 말투인 줄 알았는데 지금 보니 나름 배려가 깃든 언사였다.

"하긴 우리도 태명은 좀 촌스럽게 짓지 않나요, 고운 이름에는 부정 탄다고?"

"요새는 꼭 그렇지도 않더라고. 예쁘고 귀엽게 짓는 경우도 많아. 좀 장난스럽게 짓는 사람도 있고…… 방탄소년이라고 부르는 산모도 있더라."

한국인 연구원들이 즐겁게 대화를 이어갔다.

"태명만 그랬나요, 뭐. 옛날에는 아이 때 부르는 아명 (兒名)이 따로 있었잖아요. 유아기 사망률이 높고 그럴 때는 오래 살라고 이름을 후지게 지어 불렀다는데 고종 황제랑 황희 정승도 되게 웃기던데요? 개똥이, 도야지, 그랬을걸."

"별명이 아니고?"

"네, 이름이라니까요."

네르귀는 노트북에서 표제어 목록 파일을 열어 '아명'을 검색했다. 앞서 검토한 단어일 텐데 그는 처음 듣는 명사처럼 생소했다. 아명은 표제어에서 탈락한 낱말이었다. 표제어 선정 기준을 죽은말과 함께 실생활에서 사용빈도가 현저히 낮은 낱말도 올리지 않는 것으로 정했는데 아마도 아명은 태명처럼 대응하는 몽골어의 유무를 논하기 전에 사어에 버금가서 배제된 모양이었다. 몽골에서는 애

칭은 널리 쓰이지만 어릴 때 부를 이름을 따로 짓지는 않았다.

"그렇지만 이름에 대한 경계는 한국 못지않아요. 신들이 장난치지 못하게 이름을 지었죠. 제 이름도 그런 걸요. 네르귀는 이름이 없다는 뜻이죠. 할아버지가 지어주셨는데 부정한 걸로부터 저를 숨긴 거예요."

"어머, 몰랐어요, 선생님 이름에 그런 뜻이 있는 줄."

"전통적으로 이런 이름들이 흔해요. 테르비쉬라는 이름은 저건 아니다라는 뜻이죠. 사람이 아니라는 거죠. 헨메데흐, 누가 알아요? 누구도 몰라요라고 발뺌하는 이름도 있어요. 심지어 훈비쉬라는 이름도 있는걸요."

"훈비쉬요? 훈비쉬…… 사람이 아니다? 어머, 정말 그런 뜻이에요?"

"네, 맞아요."

네르귀는 고개를 끄덕였다.

"재밌다. 개똥이, 도야지, 이런 이름은 아무것도 아니네요."

네르귀는 왠지 모르게 그리움이 차올랐다. 그는 아주 멀리 떠나온 사람처럼 쓸쓸한 기분이 들었다. 한국인 동료들, 그리고 이렇게 낱말을 맞춰나가는 작업들은 자주 이런 기분에 젖게 했다. 낯설지만 정겨운 곳으로 여행하는 기분이 들었다. 배 속 아이에게 이름을 지어주다니, 성미가 얼마나 급한가.

네르귀가 더듬더듬 입을 때면 한국인 연구원들은 고비의 여행자처럼 경청했다. 유목민의 게르에서 하룻밤 묵는 체험보다 언어의 속살을 만나는 일로 유목민들의 세계를 더 이해하게 된다는 양, 그리고 세상은 한통속처럼 사는 모양새가 비슷하다는 표정이었다.

이런 식의 대화 끝에 그들은 문득 언어로 환원되지 않는 삶의 수수께끼에 닿았고, 저절로 고개가 들리고 눈빛이 아득해졌다. 그러다보면 한숨처럼 이런 푸념이 오가곤 했다.

"네르귀 샘, 그래도 빗물을 손에 받았겠죠?"

"그럼요. 그 좋은 일을 왜 안 해봤겠어요? 비가 떨어지면 손이 절로 펴지잖아요."

"그래요…… 눈이 오면 고개가 들리듯."

그 모든 수수께끼 같은 이야기들도 네르귀의 깡통과 관련한 사연보다 흥미롭지는 않았다. 그건 한국인 동료들도 인정했다. 깡통은 오늘의 네르귀를 있게 한 모든 것이라고 해도 지나치지 않았다. 표제어 '깡통', 몽골어로는 '라아즈'(лааз)를 논의할 때는 지난해 연말이었고, 연구원들은 오늘처럼 네르귀의 이야기에 빠져 한나절을 보냈다.

네르귀는 남쪽 고비에서 자랐다. 키 작은 작나무가 많다는 뜻에서 유래한 지명을 가진 초원이었다. 정작 작나무를 보기 힘들었다. 돌과 모래가 뒤덮은 메마른 황무지에 질긴 풀들이 드문드문 박혀 있었다.

그의 부모는 네르귀가 네살 때 한국으로 취업해 나가며 그를 고비의 할아버지에게 맡겼다. 엔비쉬 할아버지는 낙타와 양을 치는 고비의 목자로 팔십 평생을 살아온 노인이었다.

아들 내외는 3년 기한으로 한국으로 나가며 네르귀가 입학하기 전에 돌아올 거라고 노인에게 말했다. 그들은 한국에서 선물을 보내오곤 했다. 한국에서 온 물건들이 조손이 사는 단출한 게르 살림에 섞여들었다. 플라스틱 도마, 프라이팬, 보온병, 트렁크 같은 가재도구들과 네르귀 몫으로 옷가지와 장난감이 왔다. 그때 받은 항공기 프라모델은 지금도 네르귀의 숙소 책상에 놓여 있었다.

선물들은 한 계절, 혹은 반년이 지나 배달되었다. 말 타고 하루 거리에 우체국과 은행과 학교가 있는 도시가 있었다. 엔비쉬 할아버지는 이제 그 도시까지 여행하기에는 너무 늙어 있었다. 다행히 할아버지의 동생이 그 도시의 사원에서 원로 승려로 지내서 네르귀의 부모는 소포를 그곳으로 보내왔다. 그래서 사원에서는 양털과 낙타털을 수매하는 트럭 편으로 소포를 전해주거나 심부름하는 라마승을 직접 보내오기도 했다.

어느덧 사람 기다리는 마음이 조손의 마음을 차지해 있었다. 할아버지는 게르 앞에 의자를 내놓고는 했다. 멀리 남으로 지평선이 가로막았고, 그 무표정한 풍경에서 때로 회오리바람처럼 흙먼지가 일면 할아버지는 소련제 낡은 망원경을 눈에 대곤 했다. 그때는 네르귀도 놀던 걸 멈추고 흙먼지가 동에서 서로, 혹은 서에서 동으로 천천히 움직이는 걸 지켜보았다. 자동차가 지나가는 흔적일 텐데 그들이 지내는 골짜기로 길손이 들어서는 일은 결코 없었다.

네르귀는 사방(四方)을 알게 되면서 남쪽 지평선 너머쪽에 부모가 있는 걸 알았고 북쪽 지평선 너머에 학교와 도시가 있는 걸 알았으며 서쪽으로는 공룡 무덤이 있는 걸 알았다.

네르귀는 다섯살에 말안장을 받고 여섯살에 말을 몰아

제 시선이 닿는 곳까지 달리곤 했다. 지평선으로 가면 지평선이 아득히 물러났다. 그건 절망스러우면서도 그리움을 키우는 체험이었다. 밤하늘의 끝을 상상한 듯 아주 깊은 곳에 갇혀 있는 것 같았다. 그는 자신이 달려간 마음의 지평선에다가 작은 돌무지를 쌓아두고 돌아왔다. 돌무지가 있어서 그는 더 멀리 가볼 수 있었다.

하루는 동쪽 지평선에서 지프를 탄 여행자들을 만났다. 가이드를 대동한 한국인 부부였다. 그들은 네르귀를 따라 게르를 방문했다. 할아버지는 어떤 손님이라도 반겼겠지만 한국에서 온 여행자들이라 더욱 반겨 맞았다. 할아버지는 차와 치즈를 내놓았다. 여행자들은 게르에 한시간을 머무르며 자신들이 가져온 라면을 끓여 점심을 먹었다.

엔비쉬 할아버지는 아들 내외가 보내온 편지와 동봉해 온 사진들을 한국인들에게 보여주었다. 한국인들은 엄마 아빠가 일하는 가구공장이 있는 도시에 대해 알려주었다. 그 도시에는 큰 호수가 있다고 했다. 그들은 네르귀의 부모가 분수대를 배경으로 찍은 사진을 보고는 호수에 있는 음악 분수대가 맞다며, 그 신기한 분수대에 대해 네르귀에게 길게 들려주었다. 할아버지는 젖은 목소리로 네르귀에게 말했다.

"거기는 살 만한 덴가보구나. 네 부모는 틀림없이 잘 지내고 있는 게야. 그럼 됐다."

여행자들은 길을 떠나며 과자와 음료수를 한아름이나 남겼다. 그들이 선물한 게 초코파이와 코카콜라였다는 사실을 네르귀는 몇년이 흐른 뒤에 알게 되었다.

엔비쉬 할아버지는 한 상자의 초코파이와 다섯 캔의 콜라를 마치 자식 내외가 보내온 선물처럼 아꼈다. 네르귀는 할아버지와 함께 콜라를 처음 맛보던 기억을 잊을 수 없었다. 할아버지가 먼저 한모금을 마셨는데 허리를 곧게 펴며 방귀 소리 같은 트림을 했다. 네르귀는 할아버지의 반응이 무서워서 조심스럽게 음료에 입을 댔다. 입과 목구멍이 작열하며 몸에서 바람이 빠지는 듯 온몸이 오그라들었다. 지금껏 맛보지 못한 단맛이, 들척지근하게 엉겨 붙는 단맛이 아니라 휘발되는 단맛이 강렬했다.

조금은 우스꽝스러운 표정으로 두 사람은 캔 하나를 나누어 마셨다.

"참 별난 맛이다. 죽어가는 사람도 놀라 일어나겠다."

그 뒤로 할아버지는 콜라에 입을 대지 않았다.

"귀한 걸 선물로 받았구나. 아껴 마시거라."

네르귀는 할아버지의 말대로 하루를 꼬박 참고 이튿날

두번째 캔을 땄다. 그는 반쯤 마시고는 찬장에 두었다. 양 떼를 몰아다놓고 저녁에 다시 음료에 입을 댔을 때 그는 맛이 변한 걸 알았다. 음료는 미지근한 설탕물 같았다. 캔을 한번 따면 그 자리에서 끝장을 봐야 한다는 걸 깨달 았다.

아이의 자제력으로 다섯 캔의 콜라를 아껴두고 마시기 는 힘들었다. 사흘을 못 넘겼다. 네르귀는 빈 깡통 다섯개 를 머리맡에 진열해놓고 지냈다. 그것을 볼 때마다 갈증 이 나서 견딜 수가 없었다. 깡통에 타륵을 부어서 마셔보 기도 했다. 밤중에 네르귀는 소변을 보고 들어와 악몽을 꾼 아이처럼 울었다. 침상에서 할아버지가 몸을 일으켰 다. 아이는 깡통 하나를 들고 있었다. 할아버지는 아이의 고통이 얼마나 큰지, 그리고 그게 얼마나 무서운 일인지 알 것 같았다.

엔비쉬 할아버지가 네르귀만큼 어렸을 때 일이었다. 사 회주의 정부가 들어서고 얼마 지나지 않은 어느 해 여름, 욘 씨라는 유럽인 가족이 이웃해 살게 되었다.

욘 씨 부부는 인류학자였다. 그들은 오슬로라는 곳에서 왔으며 이태를 머물며 고비의 생활을 기록한다고 했다. 욘 씨의 캠프는 여름 영지의 우물가에 있었으며 엔비쉬네 게르와 구릉 하나를 사이에 두고 지척에 있었다. 소련군들이 측량을 나왔을 때 이방인들을 접촉해보았지만 이웃으로 지내보는 건 처음이었다.

엔비쉬네 가족은 이 낯선 이방인들의 편의를 봐주면서 가까운 이웃이 되었다. 유목민들이 여름 영지에서 겨울 영지로 옮길 때 욘 씨의 캠프도 함께 이동했다. 그들은 모든 명절과 행사를 유목민들과 함께했다.

"욘 씨네에는 안데르센이라는 또래 아이가 있었단다. 우리는 두마리의 개처럼 붙어서 다녔지."

욘 씨 부부가 사업을 끝내고 돌아갈 날이 다가왔다.

그들이 떠나기 전날, 엔비쉬는 아버지를 따라 이들이 캠프의 이삿짐을 트럭에 싣는 걸 도왔다. 그간 정이 들어 여간 섭섭하지 않았다.

"나는 한달이나 들여 준비한 활을 선물했다. 그 집 아이는 내게 이 소련제 망원경을 남겼지."

집으로 돌아오기 전 엔비쉬의 아버지는 말고삐를 잡고 욘 씨에게 물었다.

"친구의 집은 말을 몰아 갈 수 있는 곳인가?"

욘 씨는 설핏 웃으며 고개를 끄덕였다. 그는 긴 팔을 들어 서쪽 하늘을 두드리듯 하면서 말했다.

"내가 사는 도시는 이 대지와 저 하늘이 끝나는 곳에 있다네. 우리는 같은 땅을 밟고 같은 하늘을 이고 살지."

그는 팔을 벌려 아버지를 껴안고 엔비쉬에게도 다가와 볼에 입을 맞춰주었다.

집으로 돌아오는 길에 엔비쉬는 말 등에 앉아 훌쩍훌쩍 눈물을 훔쳤다. 아버지는 어린 아들을 달랬다.

"손에 여러 손가락이 있듯이 인간들에게는 여러 길이 있단다. 저들이 길을 가는데 눈물은 좋지 않겠지?"

이튿날, 날이 채 밝기도 전에 어머니가 아들을 깨웠다.

"애야, 일어나렴. 우리도 떠나야겠다. 아버지와 밤새 의논했어. 너는 낙타들을 몰아오너라. 짐승들이 검은 늪지에 있더구나."

여름 영지로 이동할 때가 되긴 했지만 갑작스러웠다. 아버지는 말들을 몰러 나가고 없었다. 엔비쉬는 영문을 모른 채 낙타를 찾으러 갔다. 그가 열두마리의 낙타를 몰고 돌아왔을 때 게르는 해체되어 수레에 실려 있었고, 양들을 몰아 떠날 준비가 한창이었다. 아버지는 길을 재촉했다. 어머니는 말 수레에 앉고 아버지와 엔비쉬는 가축을 몰았다.

엔비쉬는 속이 탔다. 안데르센에게 아침에 작별인사를

하러 가겠다고 약속했던 것이다. 다행히 이사 길이 안데르센이 사는 구릉 쪽으로 접어들었다. 아버지도 가는 길에 이들 가족에게 작별인사를 하려는 모양이었다.

욘 씨 가족은 아침 식사를 끝내고 떠날 채비를 하고 있었다. 엔비쉬가 가축까지 몰고 캠프에 나타나자 욘 씨는 놀라워했다.

"영지를 옮기는가?"

아버지는 고개를 끄덕이고 비장한 얼굴로 말했다.

"온 가족이 슬프다. 우리도 함께 친구의 고향으로 가겠다."

욘 씨는 감격한 얼굴로 아버지에게 손을 내밀었다.

"내가 지금껏 들은 작별인사 중 최고일세."

아버지는 손을 맞잡고 말했다.

"친구의 빠른 말(트럭)을 따라잡을 수는 없겠지만 서둘러봄세. 며칠이나 걸리겠는가?"

그제야 욘 씨는 이 목자의 말이 농담이 아니라는 걸 깨달았다.

"오, 그건 불가능한 일이야."

그래놓고 그는 서쪽을 바라보며 머리를 저었다.

"길이 너무 멀다네."

"말이 갈 수 있는 길이 있는데 뭐가 걱정인가?"

"마치 칭기즈 칸처럼 말하는군."

"길에서 여름을 보낼 수 있단 말인가?"

"길이 문제가 아니야. 국경이란 게 있지. 국경은 바다보다 넘기 힘든 길이지."

아버지는 이해를 못했다. 그건 엔비쉬도 어머니도 마찬가지였다.

"우리 몽골 말들은 어디든 간다네. 하늘을 오르기도 하고 바다에 뛰어들기도 하지."

욘 씨는 아내에게로 몸을 돌려 한참 이야기를 나누었다. 그가 돌아와 아버지와 어머니에게 말했다.

"내 고향에는 저 양들이 먹을 만한 풀이 없다네."

"여기 고비보다 없단 말인가?"

"그렇다네."

아버지는 어깨가 처졌다. 그는 아쉬운 목소리로 욘 씨에게 말했다.

"풀이 없는 곳에는 갈 수 없지. 친구, 양들을 버릴 수 없는 내 처지를 이해해주게."

그렇게 해서 네르귀의 증조할아버지가 꿈꾼 이주 계획은 무산되었다.

이 이야기는 늘 네르귀에게 그가 기원한 세상과 멀리 떠나온 고비의 실체를 일깨워주었다. 그러나 얼마나 먼 세계인가? 거기는 지평선 너머보다 먼 곳 같았다.

네르귀와 할아버지가 고비에서 함께 지내는 6년 동안도 마찬가지였다. 이미 소련은 흩어지고 몽골은 시장경제를 도입해 세상이 바뀌었지만 엔비쉬 할아버지는 끝내 그 사실을 모르고 살았다. 여전히 레닌 동무를 추앙하고 인민혁명당을 따랐다. 세상에 그렇게 저물어버린 인생이 있었다는 게 돌이켜볼수록 슬펐다.

이튿날 할아버지는 깡통을 가리키며 네르귀에게 말했다.

"저것을 버리는 게 어떻겠니?"

네르귀는 고개를 저었다.

"네가 타륵이며 낙타젖을 거들떠보지 않은 지 닷새다. 양들을 팔아서 저걸 구할 수 있다면 하겠다. 그런데 여기서는 구할 길이 없구나. 손님들이 너무 가혹한 시련을 네게 남겨놓고 갔구나."

할아버지는 가죽으로 엮은 바구니를 네르귀 앞에 내려놓았다.

"이 할애비가 버려줄까?"

네르귀는 다시 머리를 젓고 깡통을 바구니에 담았다.

네르귀는 말을 몰아 지평선으로 달려갔다. 자신이 만들어놓은 돌무지에다가 깡통을 버리고 돌아왔다.

네르귀가 일곱살이 끝날 무렵 책가방이 한국에서 왔다. 가방에는 연필과 지우개가 담긴 필통과 12색 크레파스와 노트 열권과 보온병이 들어 있었다. 엄마 아빠가 돌아온다는 소식은 없었다.

할아버지는 네르귀에게 말했다.

"당에서 너를 학교에 보내라는구나."

"엄마 아빠가 돌아오지 않았는데요?"

할아버지는 난감한 표정을 지었다.

"레닌 동지가 말씀하셨지. 모든 아이들은 여덟살이 되면 학교를 다니라고 말야. 그건 여기 고비의 아이들에게도 예외는 아니란다. 그렇지만 나는 당에게 말할 생각이다. 아홉살에 학교에 가겠다면 당에서 이해해줄 거야. 네 경우는 특별하니까. 내년에 네 부모가 돌아오면 그때 학교에 가거라. 큰 도시에서 학교에 다니면 좋겠지."

고비에서는 멀리 도시에 학교가 있었고, 아이들은 집을 떠나 기숙사에서 생활해야 했다. 방학 때나 집에 돌아올 텐데 이제 자기가 떠나면 누가 양들을 아침저녁으로 몰

것이며 낙타들이 영지를 떠나지 않았는지 지켜볼 것인가. 할아버지에게 물을 길어다줄 이는 누구고, 아침이면 게르 천창의 덮개는 누가 거둘 것인가.

그새 부모가 헤어졌다는 사실을 알게 되었다. 할아버지는 이 비극을 네르귀에게 설명하지 않을 도리가 없었다.

이제 두 사람이 함께 아들을 찾아 이 초원으로 올 일이 없을 테고, 엄마든 아빠든 자기를 데리러 오기나 할지 알 수 없었다.

"네가 여기 있으니 어머니가 오든 아버지가 오든 오겠지. 너무 상심하지 말거라."

그러나 할아버지가 먼저 무너졌다. 할아버지는 8월에 기침이 심해지더니 가으내 침상에서 일어나지 못했다. 초겨울부터 조드가 닥쳐 양을 많이 잃었다. 할아버지는 목자로서 힘이 부친다는 걸 깨닫고 남은 가축들을 처분했다. 발이 되어줄 말 두필과 늙은 개 한마리가 남았다. 할아버지는 어린 네르귀에게 말했다.

"아가, 여름 해처럼 자라서 다시 가축들을 모으렴."

아홉살이 된 네르귀는 그해 여름 서쪽의 공룡 무덤까지 가서 시간을 보내게 되었다. 그곳은 관광지였다. 외국

관광객들이 수시로 오가는 곳이었고, 그들을 상대로 말과 낙타를 태워주고 돈을 받는 주민들이 있었다. 방학을 한 또래아이들은 짐승의 고삐를 잡아주는 일로 용돈벌이를 했다. 네르귀도 그 아이들 틈에 끼었다. 그건 제법 신나는 일이었다. 여행자들은 인색하지 않아 팁을 주고 제 배낭에서 기념이 될 만한 물건을 선물로 내밀었다.

가축들을 다 처분해서 할아버지와 네르귀는 영지를 옮기지 않은 채 겨울 영지에서 그대로 지냈다. 한국에서 부쳐주는 돈으로 생활하고 있었다.

하루는 게르에 돌아오자 할아버지가 어두운 얼굴로 기다리고 있었다. 게르에는 손님이 다녀간 흔적이 역력했다. 소금 자루와 부식이 눈에 띄는 게 사원의 할아버지가 심부름꾼을 보낸 모양이었다.

할아버지는 저녁을 차려주고는 네르귀가 다 먹을 때까지 묵묵히 기다렸다. 식사가 끝났을 때 할아버지는 난로 옆에 둔 낡은 자루를 가져다가 바닥에 내용물을 쏟았다. 깡통들이었다. 네르귀가 한해 전 여름에 돌무지에 갖다 버린 그 콜라 깡통들에 녹이 슬어서 아주 오래된 듯한 깡통이 하나 섞여 있었다. 오래된 깡통은 국방색이 다소 탈색이 되어 있었지만 외형은 그대로였다. 할아버지가 왜 이것들을 가져다가 펼쳐놓는지 네르귀는 영문을 알 수 없었다.

"이것들이 하나도 썩지 않았더구나."

네르귀는 할아버지의 말을 잠자코 들었다.

"짐승 뼈도 썩는데, 고비에서는 돌도 부스러지는데 아라즈는 썩지를 않아. 내가 이 아라즈라는 말을 기억에서 되찾는 데 칠십년이 걸렸단다. 네가 이걸 멀리 가서 버려주면 좋겠다."

네르귀는 깡통이라는 단어를 처음 들었고, 그 단어를 만난 순간은 결코 잊히지 않았다.

"어디에다가 버리라는 거예요?"

네르귀는 자신이 가본 지평선들을 떠올렸다.

"멀리. 아주 멀리."

"달란자드가드요?"

"거기는 이걸 버릴 데가 없다. 더 큰 데로 가야지."

"울란바토르요?"

할아버지는 고개를 끄덕였다.

네르귀는 깜짝 놀랐다. 울란바토르는 북쪽으로 오백 킬로미터나 떨어진 먼 데였다. 할아버지는 그곳에 다녀오라고 말하고 있었던 것이다. 네르귀는 할아버지가 농담을 하거나 어쩌면 몸이 쇠약해져 헛소리를 하는 건 아닌지 걱정스럽게 바라보았다.

"이걸 보거라."

할아버지는 깡통들 속에서, 그러니까 콜라 캔에 섞인 그 의문의 국방색 깡통을 들어 보였다. 안에서 붉은 모래가 흘러 나왔다.

"네 아버지가 열두살 때 소련군한테서 받아먹은 햄 통조림 깡통이란다. 나는 이걸 붉은 모래언덕에다가 버렸는데 썩지 않아 평생 두려웠단다. 항상 마음에 걸렸어. 그렇다고 썩지 않는 걸 함부로 대지에 묻을 순 없었다. 아마 너도 저 썩지 않은 것들을 여기에 두면 평생 고통스러울 거야."

네르귀는 할아버지의 목소리가 몹시 간절하다는 걸 깨달았다. 그는 정말로 저것들을 버리러 아주 먼 여행을 나서야 할지 몰랐다.

"울란바토르는 너무 멀어요. 저는 갈 수 없어요."

"왜 못 간단 말이냐? 너에게 양 백마리를 몰고 가라느냐? 고작 저것들을 가져가라는데 뭐가 두렵다는 거냐? 그럼 이 할애비가 갈 수밖에 없다."

그래서 네르귀는 길을 나서게 되었다. 네르귀는 집을

떠나기 전에 우물에서 물을 길어다가 물통을 가득 채워놓았다. 잘 마른 아르갈을 모아다가 게르 곁에 쌓아두었다.

네르귀는 책가방에 깡통들을 담았다. 할아버지는 음식들과 수통을 말안장에 묶어주고, 그리고 품에서 돈을 꺼내 내밀었다.

"일단 달란자드가드에 가서 스님을 만나거라. 그럼 네게 길을 알려주실 거야."

집을 떠나본 적이 없는 네르귀는 눈물이 났다. 할아버지는 네르귀가 올라탄 말의 고삐를 잡아 게르를 세바퀴 돌았다.

"할아버지, 이걸 버리고 곧 돌아올게요. 그때까지 건강히 지내세요."

네르귀는 길을 떠났다.

그는 동쪽으로 말을 몰았다. 그가 손수 쌓아둔 돌무더기 세개를 넘어 달렸다.

하루를 꼬박 달려 그는 달란자드가드 초입에 도착했다. 저녁이 되어 하늘의 별들이 쏟아진 듯 대지 한편이 반짝거렸다. 그는 그 불빛 속으로 천천히 말을 몰았다. 집과 집이 울타리를 사이에 두고 붙어 있었으며 키 큰 나무들이 줄지어 서 있었다. 차들이 말보다 많았다. 아스팔트 위에 말과 함께 서서 네르귀는 대번에 위축되었다. 네르귀는 본능적으로 자동차들이 달리는 큰길을 피해 뒷골목으로 들어갔다. 저녁 짓는 연기와 음식 냄새가 사방에서 풍겨 왔다.

사원은 도심에 있지 않고 기념탑이 있는 언덕 너머에 있었다. 작은 사원이었다. 백탑이 세워진 마당 곁에는 포플러 나무가 한그루 서 있었는데 가지에 까마귀떼가 열매처럼 매달려 있었다. 그는 말을 묶어두고 사원으로 들어갔다.

저녁 사원은 인적 없이 조용했다. 향을 태운 연기가 매캐하게 공기를 떠돌았다. 네르귀가 나타나자 나이가 각기 다른 라마승 셋이 모여들었다. 네르귀는 그중에서 게르에 심부름을 오곤 하던 젊은 승려를 알아보았다.

"네르귀, 웬일이야?"

젊은 승려가 네르귀의 손을 잡으며 말했다.

노스님은 티베트로 순례를 떠나고 계시지 않는다고 했다.

"벌써 3년 전에 떠나신걸. 네 일이라면 내가 큰스님을 대신해서 도와줄 수 있어."

젊은 승려는 네르귀에게 저녁을 먹게 하고, 방을 내주

었다.

"불과 사흘 전에 내가 편지를 전해주러 너네 집에 다녀간 걸 아니? 널 만나지 못하고 왔어."

젊은 승려가 물었다. 네르귀는 고개를 끄덕였다.

"누구한테서 온 편지였어요?"

젊은 승려가 편지를 가져와서 까막눈인 할아버지에게 읽어주던 걸 떠올리며 네르귀는 물었다.

"한국에서 온 편지였어."

"아빠였어요? 엄마였어요?"

"그건…… 네 아빠의 편지라고 할 수 있겠네."

젊은 승려는 더 말을 해주기 곤란한 표정을 지었다. 깡통을 버리러 가는 길이라고 네르귀가 얘기했을 때 젊은 승려는 네르귀의 머리를 쓰다듬어주었다.

"할아버지가 훌륭하시구나. 내가 도와줄게. 울란바토르로 가는 차를 잡아줄게. 새벽 일찍 출발해야 하니 눈을 좀 붙여."

이튿날 새벽에 젊은 승려는 네르귀를 도심의 양털 집하장으로 데려갔다. 네르귀는 양털을 수송하는 트럭 조수석에 올랐다.

트럭 운전사는 친절한 아저씨였다. 그는 종일 노래를

크게 틀어놓고 운전했다. 트럭은 소련제로 낡고 커서 포장되지 않은 초원의 길을 덜컹거리며 천천히 달렸다. 고비의 크고 작은 집하장들에 들러서 양털을 실었다. 밤이면 트럭 머리를 천으로 덮고 초원에서 잠들고는 했다.

도시를 떠난 지 사흘이 흘렀다. 어느 오후에 트럭 운전사가 잠든 네르귀를 흔들었다.

"이 촌놈아, 저길 봐라."

거대한 발전소 굴뚝이 보이고, 너무나 많은 집이 밀집해서 현실감이 없어 보이는 도시의 풍광이 펼쳐졌다.

"울란바토르에 다 왔다."

운전사가 웃으며 말했다.

서쪽 하늘로 비행기가 떠오르는 게 보였다. 트럭은 도심의 거대한 발전소 굴뚝을 향해 달려가는 것 같았다. 그러다가 네르귀는 길가에 뭔가가 산더미처럼 쌓인 곳을 보았다. 그건 놀랍게도 고철더미들이었다. 정말 어마어마한 고철의 산이었다. 무엇보다 네르귀는 그 고철더미 속에서 낯익은 깡통들이 보여서 가슴이 뛰었다. 그는 운전사에게 소리쳤다.

"아저씨, 여기예요."

운전사는 트럭을 세웠다.

"네가 찾는 곳이 여기야?"

"그런 것 같아요. 근데 아저씨, 저것들은 어떻게 하나요?"

네르귀는 고철더미를 가리켰다.

"중국으로 간단다. 중국에서 사 가지."

네르귀는 트럭에서 뛰어내려 운전사에게 작별인사를 했다.

"행운을 빈다. 혹시 내 트럭을 타고 집에 돌아가고 싶으면 내가 알려준 곳으로 와."

네르귀는 문도 없는 고물더미 속으로 걸어 들어갔다. 부서진 자동차와 마구들, 공장의 부품들, 전선, 간판이 갈색 산을 이루고 있었다. 깡통이 또 산 하나를 이룬 곳에 이르러 네르귀는 가방을 벗었다. 그는 깡통을 고물더미에 던졌다. 깡통은 시냇물에 떨어진 빗방울처럼 이내 깡통들에 섞여서 알아볼 수 없게 되었다. 깡통을 버리는 일이 이렇게 쉬운 일이라는 게 믿기지 않았다. 이제 할아버지에게 돌아갈 일념만이 그를 사로잡았다. 그는 돌아 나오며 뒤를 돌아보았다.

그는 몸을 돌렸다. 한 젊은 여자가 아기를 업고 서 있었다. 여기에서 일하는 여자 같았다. 여자는 네르귀를 물끄러미 바라보았다. 네르귀는 여자가 아주 낯익어 보였다. 여자가 먼저 말했다.

"네르귀? 네르귀 아니니?"

"엄마?"

여자는 허둥지둥 달려와 네르귀를 껴안았다.

"할아버지께서 보내셨구나. 어디 보자, 우리 아기."

엄마는 눈물을 흘리며 네르귀의 낯을 훔쳐냈다. 네르귀는 자신에게 일어난 일을 믿을 수도 실감할 수도 없었다.

"깡통을 버리러 왔어, 엄마."

네르귀는 중얼거렸다.

"그래, 그래…… 잘 왔어. 네가 엄마를 찾아올 줄은 몰랐어."

네르귀의 이야기는 극적으로 엄마를 만난 사건으로 끝나지 않았다. 엄마는 몇년 전에 귀국해 새로 결혼해서 지내고 있었다. 바로 이 고물상이 그녀의 집이었다.

며칠 후 네르귀는 엄마와 함께 공항으로 갔다. 네르귀를 앞세우고 엄마는 옛 남편의 유골함을 찾았다.

"할아버지와 너밖에 인수할 사람이 없어서 아빠는 여기서 다섯달을 기다렸단다. 이젠 됐다."

네르귀는 엔비쉬 할아버지가 있는 고비로 돌아가지 않았다. 깡통을 싸주며 네르귀를 먼 길로 떠나보낼 때 그는 그만의 길을 떠났으리라는 게 어른들의 이야기였다. 그게 고비의 방식이라고 네르귀는 동료 연구원들에게 말했다.

숲으로

수아가 내일은 올라가봐야겠다는 뜻을 비친 뒤로 금이
는 부산하다. 탈상도 했고 이틀을 묵었으므로 바쁜 사람
을 더 붙잡지는 않았다. 금이는 김치를 담가 보내겠다고
열무를 솎아다가 절이고 도정기에 쌀을 찧는다. 장이며
참기름, 마늘장아찌, 말린 나물 등속을 눈에 띄는 대로 병
이며 찬통에 담는다. 아침나절 내내 그러느라 금이는 손
바닥만 한 마당을 휘젓고 다닌다. 만류한다고 노인이 그
만둘 일도 아니고, 또 그래야 당자도 섭섭지 않을 것 같아
수아는 모른 체하다가 농장에 석류즙을 주문할 때는 한
소리 하지 않을 수 없다.

"이제 그만해. 냉장고에서 썩어나가는 게 맨 그런 건데."

"갱년기에 좋다더라. 다른 집 딸들은 부러 시켜 묵더
구만."

"무슨 갱년기라고 그래?"

"그거랑게, 하는 짓 보면."

"참 백통이셔."

수아는 새침하게 대꾸한다. 어려서부터 눈치 빠른 수아를 두고 금이가 여기 말로 하던 소리를 돌려준다. 큰일 치른 뒤끝이라 그런지 홀가분하면서도 돌아온 일상이 낯설고 허전하여 모녀가 이 짓에 몰두해 있는가 싶다. 서로 꾸민 일처럼 여겨졌다. 금이도 그런 생각이 들었는지 마루로 물러나 담배를 문다. 아침 먹고 처음 앉는다. 가을볕이 마루까지 깊다. 산 곁이라 수아가 마늘 까고 풋고추 다듬는 감나무 밑 평상으로는 아직 냉기가 흐른다. 평상 한 귀로 그늘이 벗어져 수아는 소쿠리를 당겨서 그쪽으로 앉는다. 붉은 감잎 한장이 쫓아와 치마에 내려앉는다. 감잎이 많이 져 내렸는데 묵은 낙엽이 없는 걸 보면 금이는 살림을 일상 꾸리는 것 같다. 집은 어느 한 구석 흐트러진 데 없이 정갈하다. 기분인지 모르지만 아버지가 사라졌다기보다 약 냄새 같은 것, 어떤 묵은 기운이 치워진 것 같다.

손끝에서 담배가 오래 탄다. 금이는 남의 집 구경하듯 휘휘 집 안을 둘러본다. 금이와 아버지는 오랜 세월 담배 동무이기도 했다. 금이는 이제 이 낡고 비틀린 집에 홀로 남아 밥을 지어 먹고, 갈 데는 거기뿐이라고 종일 밭에서 보낼 테다. 저녁 밥상 일찍 물리고 연속극을 틀어놓고 선잠에 빠지기도 할 것이다. 자식 된 입장에서 알아도 어찌해볼 수 없겠지만 그래서 수아는 안타까운 마음에 오래 시달릴 것 같다. 사는 게 다 그렇지, 속을 묵히다가도 한번씩 불쑥 자신이 언짢아져서 시름겨울 것이다. 저 노인네도 그렇게 보내고 말 것이다.

"석류즙 같은 거야 필요하면 택배로 받아 먹음 되지."

수아는 잠시 놓았던 손을 놀려 마늘을 깐다. 엄지손톱 밑으로 마늘 꼭지가 박혀 들며 따끔하다.

"무단한 소리를 한다. 아는 사람이 부탁하는 거랑 같을까. 우리 건 단것 일절 넣지 말고 짜달라고 했어."

금이도 수아도 당 관리를 하고 있다. 그래도 수아가 시큰둥해하자 금이가 말끄러미 건너다본다.

"봐라. 하는 짓이 평소 너답지 않지."

"알았어. 다 싸줘."

"그래야제. 넌 욕심 부릴 때가 좋아."

수아는 설핏 웃는다. 어젯밤 장롱 앞에 앉아 아버지의 유품을 정리할 때 금이가 아랫목에 등을 지지듯 누워서 하던 이야기가 있어서다. 수아가 아홉살 때 금이가 새어머니로 들어왔다. 금이는 고갯마루에 점방 딸린 주점을 내고 살던 여자였는데 아버지가 재혼하여 그 집으로 들어 갔다. 그때는 이 집이 본가인 셈이었다. 본가에는 조부모 가 살았고 성혼하지 않은 고모와 막내삼촌도 함께 살던 때였다. 금이가 가게를 정리하고 지금 이 집으로 내려와 살게 된 건 한참 뒷날이다. 수아가 대학을 다닐 때였다. 혼 자 남은 연로한 할머니를 돌보려고 들어와서는 입때껏 살 았다.

아버지가 고갯집으로 살림을 나고 나서도 딸을 거두지 않아 수아는 한동안 조부모 밑에서 자랐다. 하룻밤에 수 아가 고갯집으로 찾아 올라가 그날부터 금이 품에 들었는 데 금이는 그날밤 이야기를 두고두고 했다.

"점방 문도 닫고 인저 설핏 잠에 들었을 땐디 아홉살짜 리가 무섭지도 않았던가벼. 유리문을 뚜드려서 나갔는디 니가 서 있더라. 들어가재도 꿈쩍도 안 해야. 그때 니가 나 한테 뭐라고 그랬는 중 아냐?"

"살려고 온 것 아니라고 뻗댔겠지."

"그랴. 느그 아부지를 좀 불러달라더라."

수아는 금이에게 시샘이 났던 건 아니다. 새 가족이 만들 어졌는데 왜 자기는 버려두고 데려가지 않는지 속상했다.

"휘파람 부는 걸 배와 가려고 왔다더라. 학교에 배와 가야 한담서. 책가방을 메고 지 베개까지 끼고 왔으면서 말이다."

수아는 머리를 저었다.

"그런 숙제가 진짜 있었어."

그래놓고 수아는 금세 입을 닫았다. 금이가 말하게 놔두었다. 유품을 정리하는 동안 모녀간에 뭐든 애깃거리가 있었으면 싶었다.

"엄마가 방으로 데려가서 아부지하고 사이에 눕힌 건 기억나."

"그렇게 금방 안 들어갔시야. 니가 안 들어오고 아부지를 찾어대니까 인저 그 양반이 안 나왔겄냐. 니가 짠했을 거고 내 눈치도 보였을라. 가시내가 휘파람 배와서 어디에 써묵겄다고 그러느냐면서 툴툴거렸다만 널 술청에 앉혀놓고 휘파람을 개르치더라."

"그래서 내가 소리 좀 내던가?"

"금방 되겄냐, 앞니가 훤히 빠진 아가."

금이가 웃고 수아도 입귀가 비틀렸다.

"니가 왜 왔는지 빤하니까 느그 아부지가 티를 안 내고 열심히 개르치드라. 혀를 요렇게 말아라, 입부리는 요렇게 빼고 바람은 어디메서 내고…… 한참을 바람만 내놓다가 소리가 한번 비스무리 났다. 그만하면 됐다 싶었는지 느그 아부지가 인저 이가 돋으면 소리가 좋아질 거라고 니 입술을 훔쳐주더라. 밤에 휘파람 불면 뱀 나온다고 겁도 주고. 그제사 니가 못 이기는 척 내 손에 이끌려 방으로 들어왔제. 즈그 아부지랑 얼매나 살고 싶었으면 그 밤길에 올라왔겄냐."

금이와 가족을 이루고 살던 고갯집이 진정한 자기의 집이었다고 수아는 생각한다. 지금은 사라지고 없지만 작고 초라했던 길갓집 오두막. 술청 곁방에 세 식구가 누우면 이 조합이 가족이라는 생각에, 국어책에도 나오는 그림을 펼쳐놓은 것 같아서 어린 수아는 잠든 아버지와 금이의 얼굴을 번갈아 들여다보곤 했다.

수아는 기꺼이 점방집 딸이 되었다. 지금도 사람들은 수아를 점방집 딸이라고 부른다. 가게는 반으로 나누어 점방과 술청으로 사용했는데 점방은 겨우 구색을 갖추어 담배와 함께 비누, 성냥, 양초 같은 생필품과 아이들 주전부리 과자를 팔았다. 고개를 넘으면 면 거리였으므로 점방을 이용하는 손님은 대부분 담배를 찾는 사람들이었다. 사이다나 환타 같은 음료수는 녹이 슬어 병뚜껑이 뻘게진

게 많았다. 수아는 가게에 앉아 숙제를 하며 금이를 도왔다. 아버지는 살림을 나면서 조부모에게서 얼마간의 전답을 받았지만 농사랄 게 없어서 인근에 벌어진 간척지 공사장에 나가거나 배를 타기도 했고, 겨울에는 미역공장으로 가서 설 무렵에 돌아오고는 했다.

금이의 수완으로 술장사는 벌이가 괜찮았다. 국도변이었는데 고갯마루에는 두갈래의 샛길이 나 있었다. 샛길을 따라 갯가에서, 혹은 산골에서 오가는 손님들이 있었다. 봄여름가을 동안은 양봉업자들이 고개 부근 솔숲에 천막을 치고 꿀을 모았다. 이들도 술청을 자주 찾았다. 긴 나무탁자 하나에 민걸상 두개를 놓고 장사를 했는데 막걸리독 세개가 바닥나는 날이 많았다. 주로 아이들을 시켜서 술을 받아갔고, 경운기나 수레를 길가에 세워놓고 술청에 앉는 손님은 드물었다. 저녁이면 금이가 기억을 짚어가며 외상들을 읊어주었고 수아가 출납장에 대신 적었다. '조금돌이 손씨 탁주 반되에 김치지짐, 감돌이 째보 소주 2홉, 밍원이 삼춘 탁주 1되에 라면, 연홍이 엄마 비누 2장, 라멘땅 2봉, 탁주 1잔(탁주 값은 주면 받고)' 하는 식이었다.

고갯집에 살 때 가장 불편한 건 물이었다. 수아가 중학생이 되었을 때 수도를 놓았으니 이전에는 산골로 이어지는 산길을 오백 미터나 내려간 마을에서 우물물을 길어다 썼다. 새벽에 도가의 막걸리 트럭이 다녀가고 나면 금이는 물동이를 이고 두레박을 챙겨서 산길을 두번이나 오르내렸다. 학교에 다녀오면 저녁에 쓸 물이 떨어져 있을 때가 있고, 그런 날은 수아가 양동이로 물을 길어 날랐다.

우물가에 사는 대장간 할머니는 무서웠다. 우물을 자기 집 소유처럼 끼고 살면서 잔소리를 해댔다. 우물을 더럽게 쓴다느니, 빨래를 너무 윗자리에서 한다느니. 특히 해지고 나서 우물을 쓰면 부정 탄다고 욕을 퍼붓고는 했다. 노인과 대면하고 욕을 얻어먹어본 적은 없었다. 노인은 당뇨로 실명을 한 지 오래되었다고 했다. 그러니까 귀가 밝아서 울타리 너머로 지청구를 해대는 것인데 노인의 지적이 들어맞을 때는 구신이네, 하는 말이 절로 나왔다. 그리고 종종 우물에서 만나는 정애라는 이름을 가진 실성한 여자도 무서웠다. 산 너머에 살고, 아기를 잃어 정신을 놓았다는 여자는 매일 면 거리로 넘어와 놀다가 갔는데 오가며 우물을 들여다보는 모습을 마주칠 때가 있었다. 우물 속에 뭐가 있다고 그렇게 물끄러미 들여다보는 걸까? 제 얼굴을 들여다보는가? 그건 우물이 주는 재미이기는 했다. 수아는 여자가 우물을 떠날 때까지 길에 앉아서 마냥 기다려야 했다. 어쩌면 대장간 노인이 우물에서 나는 기척에 그렇게 신경을 쓰는 것도 그 여자의 존재 탓인지 몰랐다.

우물은 깊어서 고개를 박고 들여다보면 수면이 보일락 말락 했다. 우물에 비치된 공용 두레박이 따로 없는 것도 대장간 할머니의 별쭝난 성미 탓이었다. 그 우물을 쓰는 다섯집은 각자 자기 집 두레박을 가지고 다니며 썼다. 가끔 두레박줄을 놓치거나 줄이 끊기면 그것처럼 곤욕이 없었다. 그럴 때는 호미를 줄에 묶어서 벽거울을 가져다가 비추면서 두레박을 건져내야 했다. 우물에 거울을 비추면 바닥에 놓인 백동전과 조개껍데기까지 보였다. 그것뿐이 아니었다. 우물 속에는 붕어가 한마리 살았다. 붕어는 엄지만큼 작았는데 누군가 장난으로 넣은 것 같았다. 때로는 그 깊은 데서 홀로 유영하는 붕어가 궁금해서 수아는 거울을 가지고 우물로 내려가기도 했다. 그러다가 수아는 물고기를 넣은 사람이 정애라는 여자가 아닐까 짐작하게 되었다. 그렇지 않고서야 여자가 그렇게 우물을 들여다볼 일이 있을까 싶었다.

수아는 마루 한쪽에 올려둔 믹서를 켠다. 열무김치 양념에 쓸 풋고추와 마늘을 간다. 풋고추는 한되나 되는데 끝물인데다가 반쯤 익은 것들도 들어서 갈리면서 매움한 냄새가 올라온다. 열무김치는 이 지방에서 주로 담는 백김치다. 풋고추와 보리쌀로 맛을 내는데 보리밭 고랑에서 자란 연한 열무로 담는 6월 김치가 맛나나 늦가을까지도 나긋한 건 먹을 만하다. 보리밥알이 통으로 들어가서 금방 시금해져도 시원한 맛이 좋아 수아는 금이가 주는 대로 받아먹는다.

믹서를 돌리면서 수아는 가만히 혀를 말아 휘파람을 불어본다. 헛바람만 새나간다. 아버지 앞에 앉아 말랑한 혀로 휘파람을 배운 일이 새삼 애틋하다. 그렇다고 아버지와 관계가 좋았던 건 아니다. 불편한 시간들은 세월의 강으로 흘러갔다. 아버지를 여읜 마당에 수아는 그렇게 생각하고 싶다. 휘파람 같은 기억을 뒤적거려보면 좋은 기억이 아주 없지는 않을 것이다.

"뭘 한다고 밭으로 나갔을꼬. 가을 지심이야 놔둬도 그만인데. 점심 채려주려고 돌아와보니 여기서 그러고 있더라."

"뭐라고?"

수아는 기계를 끈다.

"네 아부지 말이다."

"……"

"여기 기둥에 요렇게 기대고 있어."

금이가 기둥에 어깨 기대는 시늉을 한다.

"따신 방 놔두고 뭐 할라고 거기 나와서 졸고 있소? 속에 없는 소리를 좀 했다. 하루 종일 방에 드러누워서 오죽 답답했을 거라고. 시장할 때도 됐고. 그래 점심상 얼른 봐서 내놓고는 그제사 알았다. 니 아부지는 한녕 나한테 무심하고 둔하다고 불만이었제. 참말로 나가 둔한 년이여. 수술 받고 와서는 뭘 통 못 자시다가 인저 입맛이 좀 도는 갑다 하고 맘을 놨는디…… 그깟 밭일이 뭐가 중하다고 나가 나갔을꼬, 해필 그날."

서너번 하던 소리다. 언제든 가실 걸 모른 것도 아니고, 편한 데로 갔다고 되뇌던 걸 보면 금이는 망자가 한데 나앉아 그렇게 떠나서 가슴에 더 맺히는 모양이다. 그건 수아도 마찬가지다. 누구를 기다리느라고 저기 계셨을까? 모녀는 저마다 자책을 하며 저 기둥 자리를 곁눈질해보게 된다.

"무섭고 그러지 않아? 정 떼려고 무섬증이 일어서 밤에는 마루에도 못 나간다던데."

"핏, 구신이 돼서 와도 살았을 적보다 더 무서울까. 참

징글징글했다, 느그 아부지. 이제 와서 하는 말이제만."

"꿈에도 안 나와?"

"꿈에서는 한번 봤다. 느그 아부지가 마당으로 걸어서 들어오더라."

"괜찮았어?"

"무섭제. 나가 저 양반 담배를 하도 많이 해댔는디 인자 내놓으라고 타박하믄 어짤까, 하고 걱정했응게. 그 양반은 꿈에 나와도 똑 그만치밖에 안 된다."

금이는 심상하게 말하고, 수아는 웃는다. 금이는 수돗가로 내려와서 쪼그려 앉는다.

"거기 무시 한쪽 깎아봐라."

수돗가 한편에 머리 푸른 김장 무가 댓개 던져져 있다. 금이는 입이 써서 가시고 싶은 모양이다. 수아는 무를 골라 밑동을 식칼로 동강내서 껍질을 벗긴다. 반으로 쪼개 한쪽을 금이에게 내민다. 금이는 입을 크게 벌리고 무를 베어 문다. 양쪽 어금니 네대가 금니인데 수아는 처음 본다. 한 사람의 목구멍을 들여다본 듯 기분이 이상하다. 금이를 안다고 할 수 없을 것 같고, 노인이 낯설어 보이고, 자신과 연으로 얽힌 게 신비롭게 생각된다. 서로 남남이라는 자각이 몸을 훑고 간다.

"저번 김치 안 짜든?"

금이가 무를 오물거리며 묻는다. 수아는 머리를 젓는다.

"좀 싱겁던데."

"그래? 환자 밥해 먹이느라 나가 소금에 겁을 묵었는갑다. 요새는 기중 무서운 게 소금 쥐는 일이여. 오늘 양념 간은 니가 해봐."

금이는 트림을 한다. 클클했던지 두어번 베어 먹고 만무쪽을 사철 울타리 너머로 던진다. 그쪽 하늘 높게 못 따고 둔 감이 벌려 있다.

"이참에 좀 배워볼라냐?"

수아는 손에 든 무 반쪽을 도마에 올려놓고 깐 양파를 씻는다.

"왜 귀찮은가봐?"

"별소리 다 한다. 배워놓으면 아무 때고 담가 묵고 좋제야."

"해봤어. 손맛이라는 게 진짜 있나봐."

"아이가, 배운 애가 이까짓 게 뭐가 어렵다고."

"이게 배워서 되는 건가. 되게 어렵더라고. 천천히 해볼게."

"찬찬히야? 찬찬히, 좋제."

금이는 일어나 꾸부정하게 부엌으로 간다. 보리쌀 한대 접 불린 걸 밥솥에 안쳐놓고 일손을 거둔다.

"인저 음식 받을 때가 됐지?"

어느덧 점심때가 가깝다. 아버지 장례식 때 고생해준 주민들에게 답례하느라 수아는 식당에다가 음식을 맞췄다. 수아는 식당에 전화를 건다. 식당에서는 이미 배달을 갔다고 대답한다. 금이는 마을회관으로 내려갈 차비를 한다. 일 바지 주머니에서 치렁치렁 따라다니던 노끈 타래를 꺼내놓고 스웨터를 턴다.

"나도 가?"

수아가 묻는다.

"뭐 하러…… 그만치 했으면 됐다. 그건 내 알아서 할 거구만."

그래도 수아가 멀뚱히 서 있자니 금이가 덧붙인다.

"묵을 걸 좀 챙겨올 테니 점심은 그때 먹자. 저기 다라 이나 한번 더 뒤적거려봐."

"그렇게 오래 절여?"

"가실 푸성귀라 더 둬도 돼. 아니다, 한 반시간 낙낙히 뒀다가 건져내."

"삼십분 낙낙히?"

수아는 긴장한 낯빛을 보이며 마루의 벽시계를 본다.

"뒤라, 나가 와서 할 테니."

"제 점심은 걱정 말고 드시고 와. 엄마가 안 드시면 다른 사람들이 어떻게 먹우."

수아는 금이에게 다가서서 왼쪽 머리에 꽂은 무명 리본을 떼어낸다. 금이는 수아의 머리를 기웃한다. 수아는 어젯밤에 뗐다.

금이가 대문을 나서고 마당이 조용해진다. 습격처럼 찾아온 적막감에 수아는 우두커니 서 있다. 무섬증이 든다. 수아는 도망치듯 감나무 밑으로 간다. 삼발이 수레에 옷가지와 이불, 신발 따위가 수북하다. 낡은 구두와 장화와 털신 사이에 입원했을 때 수아가 사다 준, 하얀 운동화도 한켤레 있다. 장례 치르고 나서 달 보름이 지났는데도 금이는 손도 못 대고 있었다. 금이에게 맡겨두었다가는 정리를 못할 것 같아 수아가 나서기는 했는데 괜한 노파심이었는지 모른다. 수아도 주저하며 버리지 못한 게 많다. 연고 같은 약 케이스며 약봉지마다 사인펜으로 근지러분데, 지침약, 김행수내과, 하고 써놓아서 쓰레기봉투에 던졌던 걸 도로 꺼내놓았다. 금이에게 필요한 약들이 있을지 모른다. 차차 금이가 정리하게 두는 게 나을 듯싶었다.

돋보기안경, 고무줄로 묶어놓은 묵은 농협 통장들, 표지가 달아난 『토정비결』, 그리고 1980년대 초인가 방송국에서 전국에 공모한 민간요법을 모아 출판한 책도 버리지 못했다. 아버지는 이질 설사에 미나리 즙이 특효라고 방송국에 제보해 책에 수록되었다. 같은 비방이 채택된 스무명 남짓한 제보자 명단 속에 아버지의 이름과 주소도 인쇄되어 있다. 태어나 유일하게 이름을 올린 책. 책날개에 손때가 묻어 금방 그 페이지를 찾아 펼칠 수 있을 것 같았다. 이런 것들은 금이가 시간을 두고 천천히 정리해나가리라 생각한다. 수아는 무명 리본을 수레에 올린다.

굵은소금 앉은 열무를 뒤집어놓자 아래 고인 물에서 퍼런 거품이 인다. 아래는 순이 죽어서 조바심이 난다. 낙낙히…… 수아는 중얼거린다. 그런 말을 가늠하는 게 늘 어렵다. 누긋해지면, 되직하게, 밍근할 때, 물긋이, 몰캉하게……

마을 스피커로 방송이 나온다. 금이네가 점심을 대접하니 주민들은 마을회관으로 오라는 안내방송이다. 아침에도 한차례 방송이 나갔다. 이장은 미리 문장을 적어두고 읽는 것처럼 목소리가 어설프다. 이장은 수아보다 두해 선배인 동네 오빠다. 중학생 때 수아는 그를 좋아했다. 한번은 부러 그에게 영어 참고서 『삼위일체』를 빌려서 며칠 갖고 있다가 책갈피에 고맙다고 쓴 쪽지를 넣어 돌려주었는데 아무 반응이 없었다. 마음을 드러나게 담지 않아 오빠가 눈치를 못 챈 걸까, 후회도 했다. 아마 저 싱거운 사람은 지금도 모르지 싶다. 그 일을 기억이나 할는지 모르겠다.

수아는 무 조각을 들고 마루로 물러난다. 담배와 재떨이와 라이터가 담긴 쟁반을 한쪽으로 밀고 앉는다. 수아는 무를 베어 문다. 산뜩하니 아린 물이 입에 고인다. 11월의 맛이라고 지어본다. 이마나 목덜미가 아니라 코와 눈이 시린 맛. 낮달같이 외로운 맛. 서글픈 마음이 차오른다. 수아는 반들반들한 기둥 옆자리를 보다가 당겨 앉아본다. 조금 무섭다. 기둥에 어깨를 기대고 이내 머리를 대본다. 볕이 따사롭다. 볕 쬐는 게 이런 거구나 싶게 숨결마저 맡겨본다. 저절로 눈이 감긴다. 이불 속보다 더 좋은 곳에 든 것 같다. 아버지는 이렇게 가셨구나. 누구를 기다린 것도 아니고 볕을 맞으며 깊은 잠 속으로 들었겠구나. 툇마루 기둥 곁이 당신에게는 죽기 좋은 자리였구나.

집 앞으로 금이가 지어 먹는 텃밭이 있고, 그 너머로 벌겋게 까 내린 산의 사면이 보인다. 마을 옆을 저렇게 깎아놓고 무섭지도 않았을까? 산은 한때 문중이 대대로 소유한 대밭이었다. 큰집 장조카가 귀촌한 외지인에게 넘겼는데 아버지가 돌아가시기 전 서운해했다는 소리를 금이에게 전해 들었다. 매입자가 과수원을 해보겠다고 포클레인으로 대나무를 다 긁어내서 산 꼴이 저렇게 된 모양이었다. 금이는 장조카가 내려왔을 때 작은아버지가 서운해하더라는 소리를 전했더니 쓸모없는 대밭을 두어서 뭐 하겠느냐고, 임자가 나와서 외려 다행이라고 하더란다. 금이는 매입자 흉도 보았다. 포클레인 쓰는 데 돈이 밑 빠지듯이 들어서 후회막급이라는 소리를 여기저기 하고 다닌다고 했다.

"안 그러겠냐. 대밭 없애는 게 아스팔트 뒤집는 것맹이제. 인저 숨었던 뿌렁구에서 해마다 죽순이 돋을 거고. 두고 봐라만 저게 밭 되려면 애 좀 먹을 거다. 뭘 모르는 버꾸여. 버꾸를 속여 넘긴 근식이도 불량하고."

아버지는 추억이 있어서 서운했을 거고, 금이는 아버지가 서운해해서 서운했을 것이다.

수아에게 대숲은 금기의 장소, 무섭고 음습한 곳이다. 장독 깨진 것, 금 간 사기그릇 같은 썩지 아니하는 것들이 유기되는 곳이었다. 저수지에서 넋건지기굿을 할 때 자진

한 넋을 거둬 호리병에 넣고 밀봉했다. 그 호리병은 어떻게 될까 궁금했는데 뒷날 대숲에 갔다 온 남자애들이 거기서 보았다고 전했다. 저녁이면 새들이 잡아먹히듯 대숲으로 날아들었다. 바람도 수런수런, 꼭 무슨 서늘한 얘기를 하는 것 같았다. 실제로 무서운 이야기도 많았고 세상에서 제일 무서운 건 늘 이야기들이었다.

수아도 그 대숲에 들어가본 적이 있다. 열두 살 무렵 제삿날 저녁이었는데 큰집 부엌에서 집안 여자 어른들이 제수 장만을 끝내놓자 큰집 할머니가 작은 석작에 생선이랑 떡이랑 전을 담아서 어린 막내숙모 머리에 이게 했다. 나무청에서 짚을 한줌 뽑더니 수아에게 광에 가서 정종 병을 내오라고 했다. 그래서 엉겁결에 그 은밀한 야행에 따라나서게 되었다. 마당에는 장대를 세워서 전깃불이 막 들어와 있었다. 불을 밝힌 큰집 할아버지가 할머니에게 말했다.

"어둔데 조심히 댕겨오소."

손전등을 밝힌 할머니가 앞서고 수아는 숙모한테 붙어서 뒤를 종종 따랐다. 그들은 밭둑을 건너 대숲으로 들어갔다. 완만하게 오르는 길이 사납지 않았는데도 수아는 술병을 가슴에 당겨 안고 숙모의 옷자락에 매달려 걸었다. 댓잎이 수북하여 발 디디는 느낌이 꼭 허방을 딛는 것처럼 불쾌했다. 새들이 깃을 치는 바람에 깜짝깜짝 놀라고는 했다. 그제야 할머니는 수아가 따라나선 걸 알아챈 모양이었다.

"오매, 니가 뭐 하게 따라나섰어?"

걸음이 한결 느려졌다. 할머니는 뾰족한 그루터기가 있으면 몸을 돌려 땅에다가 손전등을 비춰주었다. 이마에 땀이 배었을 때 할머니가 걸음을 세웠다. 검고 큰 나무 한 그루가 눈앞에 서 있었다. 할머니가 손전등으로 나무를 비췄다. 편백나무였다. 수아는 그 나무를 알아보았다. 마을에서 보자면 대숲 가운데에 꺼멓게 머리를 내놓은 나무가 한그루 있었다. 수아는 그들이 대숲 어디쯤에 와 있는지 가늠이 되었다. 바람 많이 타던 오른편 능선 중턱이었다. 할머니가 손전등을 왼편으로 돌렸을 때 재우리만 한 빈터가 나타났다. 수아는 봉긋한 흙더미를 보았고 이내 그것이 묘라는 걸 깨달았다. 그렇지 않아도 두려움과 호기심으로 잔뜩 긴장해 있던 수아는 등골이 서늘해졌다. 풀 한오라기 없는 묘지는 무덤이라기보다 정말 흙무더기 같았다. 할머니는 묘지 앞에다가 짚을 깔고 음식을 차렸다. 숙모에게 종지를 건네 술을 따르게 해서는 무덤 이쪽

저쪽에 나누어 뿌렸다. 절도 없는 성묘는 금세 끝나고 이내 셋은 돌아섰다. 수아는 숙모에게 누구 무덤이냐고 숨죽여 물었다. 숙모는 강씨 할아버지 묘라고 말해주었는데 수아는 그 할아버지가 누구인지 기억에 없었다.

수아는 그 무덤의 내력을 집안 여자 어른들에게서 들었다. 여러 밤 제삿날의 부엌 담화를, 조각난 파편들을 꿰어 짐작하게 된 사연이었다. 증조할머니가 과부로 살다가 떠돌이 계절노동자를 만나 새살림을 차렸는데 그 할아버지는 성실하고 의붓자식들도 잘 돌보았다. 그가 혈육도 남기지 않고 늙어 죽자 의붓자식들이 장례를 치러줬다. 선산에는 못 가고 앞산에다가 묻었다. 세월이 흐르며 그 묘지는 남부끄러운 묘지가 되었다. 그래서 문중에서 묘지 주변에 대나무를 심었다. 온 산이 대숲이 되는 데는 십년도 걸리지 않았다.

수아는 그 이야기가 기묘하고 아름다웠다. 대숲이 조성된 사연이 기묘하고, 할머니들의 야행은 아름다웠다. 묘지 가에 대나무를 심은 집안 남자들의 용렬한 행태보다도 여자들이 밤길로 다닌 성묘가 인간적으로 보였고, 성인이 되어서는 관습에 대한 저항으로도 여겨져 마음으로 아끼게 되었다.

그 성묘가 얼마나 더 지속되었는지는 모른다. 수아는 어른들이 음식을 해서 대숲에 드는 걸 그 뒤로 목격하지 못했다. 금이가 재혼하고 몇해 있다가 큰집 부엌에 발을 들이게 되고, 수아는 마치 교대하듯이 부엌에서 물러났다. 어린 딸들까지 부엌에 넣는다고 금이가 싫어했다. 아마 성묘는 집안 할머니들이 살아 있을 때까지 지속되지 않았을까? 큰어머니나 숙모들도 얼마간 성묘를 다녔을지 모른다. 이제 부엌의 여자 어른들이 대부분 세상을 등졌고 도회지로 나간 어른들은 돌아오지 않는다.

일전에 대밭 매매 이야기가 나왔을 때 강씨 할아버지의 묘가 어떻게 처리되었는지 궁금해서 금이에게 얘기를 한 적이 있는데 처음 듣는 소리처럼 반응했다. 그러면서 금이는 도둑 제사가 동티를 피하려는 이 집 여자들의 욕심이 한 짓거리라고 혀를 찼다. 남자들보다 더 악랄하다고, 금이는 차갑게 말하고는 입을 다물었다. 수아는 놀랐다. 모든 제사라는 게 산 자들의 발원에서 비롯한 행위이기도 하므로 그 일이 그렇게 보일 수도 있겠다는 생각이 드는 한편으로 금이가 보인 적의가 전에 없던 거라 당혹스러웠다.

뒤미처 수아는 재취로 들어온 금이의 피해의식이라든

가 섭섭한 마음 같은 걸 새삼 헤아려보게 되었다. 수아로서는 살아오면서 의식하지 못하고 지낸 일이었다. 금이는 수아에게 그냥 엄마였다. 생모는 기억에도 없고 그리운 적도 없다. 물론 집안사람들이, 아버지를 포함해 다른 가족들이 어떻게 대했는지, 금이 자신이 어떤 마음으로 살았는지 모른다. 그렇지만 수아 입장에서는 금이가 저에게 혹여 섭섭한 마음이라도 품었다면 속상했다. 물론 조심스러워 묻지 못한 얘기도 있다. 어린 나이에 낳아서 남자 집에 앗겼다는 아들. 최근에야 더러 아들을 만나기도 하는 눈치지만 금이가 무슨 말을 비치지 않는 이상 알은체할 수 없었다.

언제 한번은 수아가 동네 언니들을 따라 갯벌로 가서 바지락을 캐 온 일이 있었다. 길이 멀어서 다저녁때 돌아왔는데 금이는 양동이를 들여다보며 대견해했다.

"오매, 조막만 한 손으로 많이도 주워왔네. 여문 것 좀 봐라."

"줍는 게 아니라 캐는 거여."

수아가 말했다.

"그랴? 그 진 데서 이걸 다 캤어? 장하다. 난 산골에서 자라서 갯것은 못해보고 자랐어야. 이걸로 넣은 술국을 끓여 내놔야 쓰겠다."

금이는 싱글벙글했다. 그제야 수아는 금이가 술을 마신 걸 알았다. 눈자위가 불콰했다. 금이가 술청에서 손님과 대작하는 일은 좀처럼 없었다. 그래도 금이가 기분이 좋아 보여 수아는 괜찮았다. 금이는 일찍 가게 문을 닫았다. 바지락도 씻고 펄 묻은 옷도 빨자고 금이는 수아를 앞세우고 우물로 내려갔다. 수아는 대장간 할머니가 은근히 걱정되었다. 금이에게 이야기했더니 걱정 말라고, 쥐 죽은 듯이 씻고 오자고 했다. 동굴 같은 그 우물에 두레박을 던지고 서너번은 줄을 채서 물을 긷는데 소리 없이 해낼 재간은 없었다. 어김없이 울타리 너머에서 욕설이 넘어왔다.

"뉘 집 년이여? 뉘 집 년이 해 떨어진 샘에서 나대는 거여, 부정 타게!"

금이와 수아는 우물가에 납작 쪼그렸다.

"뭔 팔자를 쓴 년이길래 그래 밤에 샘에 기어드냐고. 아나, 복쪼가리 좋겠다! 자손이 잘되겠어! 천지분간을 하고 살아야제 미친년 소리를 안 듣제."

어둠 속 낮은 자리에서 금이가 코를 훌쩍이는 소리가 났다. 그러더니 금이는 흐느껴 울었다. 금이는 곧 우물 바닥에 퍼더버리고 앉아 목을 놓아버렸는데 수아는 두레박끈을 잡고 어쩔 줄 몰랐다. 울타리 너머도 조용해지고, 그 집 며느리가 노인을 몰아 방으로 들어가는 소리가 났다. 그러고 나서 이내 금이도 잠잠해졌다. 금이는 치마를 툴툴 털고 치맛자락을 끌어서 눈구석을 훔치고, 언제 그랬냐는 듯 수아에게 그만 올라가자고 말했다.

수아는 이제 와 그 밤을 생각해낸 게 무람하다. 노인이 눈물꼭지를 따준 탓에 실컷 울어버린 금이. 금이에게도 그런 시간이 있었다는 걸 잊고 살았다. 묻지 못한 것, 말하지 못한 게 많은데 금이가 그냥 엄마였다고 할 수 있을까.

"요상하단 말이야. 꿀에서 아카시아 냄새가 나."

"이 가을에 무슨 아카시아 꿀 타령이야."

술청에 양봉업자 두 사람이 앉아서 말한다.

"그러니까. 그 집 꿀에선 그런 냄새가 없다 이거지?"

"짜보지 않아서 아직 모르지만 그럴 리가 있냐고."

아직 해가 남아 있다. 저녁 물을 길러 우물로 내려갔다가 수아는 우물을 더럽히며 하얗게 수면에 떠 있는 것들을 보았다. 누군가 종잇장을 찢어서 던진 것 같다. 수아는 대번에 정애의 짓이라고 단정한다. 주변에 이런 짓을 할 사람은 그 여자밖에 떠오르지 않는다.

"미친년……"

수아는 두레박을 내려서 쓰레기를 건져 올린다. 누가 보면 누명을 씌울까봐 마음이 급해진다. 두레박에 담겨 올라온 건 종이 쪼가리가 아니다. 한장 한장 뜯긴 꽃잎이다. 손으로 만져보니 조화도 아니고, 놀랍게도 아카시아 꽃이다. 이 계절에 봄꽃이라니, 양봉업자들이 나누던 이야기가 떠오른다. 수아는 의아해서 주위를 둘러본다. 낮꿈이겠지 스스로 의심한다. 수아는 다시 두레박을 내려 꽃잎을 건져 올린다. 아카시아 꽃이 분명하다. 우물을 그대로 둘 수 없어 수아는 여러번 두레박질을 해서 꽃잎을 건져낸다.

일이 다 끝났을 때 수아는 한움큼 꽃잎을 쥐고 여자가 오가던 길을 바라본다. 보리갈이를 마친 밭들 사이로 황톳길이 놓여 있고, 그 뒤로 울울한 소나무 숲이다. 거기에도 가게를 찾는 사람들이 사는 마을이 있을 테지만 수아는 아직 가본 적이 없다. 분명 저 숲길 어딘가에 아카시아 꽃이 피어 있을 테고 정애는 그 꽃을 따 왔으리라 짐작된다.

수아는 어떤 열망에 휩싸여 양동이를 놓고 길을 나선다.

밭이 끝나고 소나무 숲을 지나는 동안에도 아카시아 꽃은커녕 향기도 나지 않는다. 길이 왜 이렇게 먼가. 가도 가도 끝이 없을 것 같아 돌아갈까도 생각한다. 화전민들이 버리고 간 계단밭들이, 이제는 어린 참나무와 소나무가 차지한 밭들이 계곡의 경사면으로 보인다. 여기까지 왔는데 더 가보자 싶어 그냥 간다. 길을 한굽이 돌았을 때 지는 햇빛이 환하게 내리쬐는 언덕이 나타난다. 바람결에 아카시아 향이 실려 있다. 금이는 걸음을 멈춘다. 언덕에는 어린 아카시아나무들이 군락을 이루고 있다. 5월의 숲처럼 아카시아 꽃이 주렁주렁 매달려 있다. 키 작은 아카시아나무에서 수아는 꽃을 따 들었다가 얼른 내버린다. 왠지 아카시아 꽃은 신비하기보다 괴기하고 불경스럽다. 꽃은 봄 때와 똑같은데도 그런 마음이 든다. 아카시아나무 하나가 유난히 눈부셔 수아는 다가간다. 나무는 크리스마스트리 같다. 깨진 거울 조각들이 실에 묶여 바람에 흔들리고 있다. 거울 조각에 얼굴을 디밀었더니 바람에 흔들리며 담기지 않는다.

숲에서 휘파람 소리가 난다. 휘파람 소리는 점점 가까워진다. 여자아이가 나무 사이에서 걸어 나온다. 아이는 품에 뭔가를 한아름 안았다. 수아를 보고도 태연하다. 마치 기다린 아이 같다. 아이는 아홉살로도 보이고 아흔살로도 느껴지는데 수아는 이상하게도 아이가 자연스럽게 받아들여진다. 아이뿐이 아니다. 이 숲의 기묘한 풍경에 전혀 저항감이 들지 않는다. 아이는 뾰족뾰족한 거울 조각들을 나무 밑에 쏟아놓고는 휘파람을 불며 거울에다가 실을 둘러 묶는다. 다치지도 않고 능숙하다. 실 묶은 거울 조각을 수아에게 내민다. 나뭇가지에 매달라는 것 같다. 거울 조각을 달다가 수아는 깜짝 놀라 떨어뜨린다. 거울에는 얼굴들이 사진처럼 담겨 있다. 다른 조각을 들여다본다. 모두 아는 얼굴들이 담겼는데 선뜻 기억나지 않는다. 수아는 거울 조각들을 뒤적여 겨우 제 얼굴을 찾아낸다.

"내 얼굴이 왜 여기 있어?"

"진짜네. 몇살이야?"

아이가 묻는다.

"쉰한살. 왜 여기 내 얼굴이 있냐니까?"

"몰라. 난 그냥 대숲에서 거울을 주워 왔을 뿐이야. 해지기 전에 얼른 끝내자."

아이는 다시 거울 조각을 건넨다. 수아는 나뭇가지에 묶는다. 거울이 바람을 타고 흔들리며 얼굴이 사라진다. 눈앞으로 거울이 돌아왔을 때 수아는 딴 얼굴이 들어와 있는 걸 발견한다. 수아는 이 게임을 눈치챈다. 이 숲에는 시간이 얽혀 있다. 바람이 시간을 엉클어놓고 있다. 거울은 얽힌 시간들을 담아내는 것 같다. 수아는 바닥에 쪼그려 앉아 제 얼굴들이 담긴 거울 조각을 찾는다. 금방 다섯 개를 찾는다. 아기 때 것도 있고, 열 살 때 것도 있고, 아주 늙은 얼굴도 있다. 나무뿌리가 얽힌 듯 주름진 얼굴을 보고는 서글퍼진다. 거울 조각을 주워 드는데 그만 얼굴이 바뀌고 만다. 구더기가 끓는 살덩이가 담겨 있다. 수아는 거울을 내동댕이친다. 거울 조각이 두동강이 난다.

이제 이 숲에 머물 시간이 많은 것 같지 않다. 어두워지기 전에 집으로 돌아가야 할 것 같다. 수아는 아버지의 얼굴을 찾는다. 금이의 얼굴도 찾는다. 아무리 찾아도 얼굴이 나오지 않아 울상이 된다.

아이는 거울 조각 다는 일을 그만두고 소꿉놀이를 하자고 조른다. 수아는 마음이 급해서 아이를 외면한다. 아이가 자꾸 조른다. 수아는 아이에게 소리친다.

"이건 네가 한 일이야!"

"그니까 이제 그만할 거야."

말이 안 통하는 애다. 어느새 아이는 사금파리들을 늘어놓고 아카시아 꽃을 딴다. 거울에는 관심도 없다.

"내가 엄마 할게, 네가 아빠 해."

아이가 말한다. 제 마음대로다. 아이는 아카시아 꽃잎을 사금파리에 가득 담아 내민다.

"냠냠 하고 회사 가야지."

수아는 냠냠, 회사 다녀올게, 말한다. 아이가 우두커니 기다린다.

"다녀왔어."

수아는 말한다.

"어서 와, 냠냠 밥 먹자……"

아이는 금세 흥미를 잃었다는 듯 역할을 바꾸자고 한다. 수아는 엄마고 아이는 아빠다. 수아가 밥을 지어 내놓는다. 아이가 화를 낸다.

"밥이 이게 뭐야?"

"왜? 어서 냠냠 먹고 출근해야지."

"왜 농약을 주는 거야?"

그러더니 아이가 목소리를 가다듬어 말한다. 어린 게 늙은 목소리로 말한다.

"아서라, 애야. 죽이면 못 고친다."

"고쳐요? 뭘 더 고쳐요?"

"인자 니는 그만해도 된다. 고생했다."

아이가 자리에서 벌떡 일어난다. 어린 게 숲을 향해 팔을 휘두르며 말한다.

"저것들이 사람은 안중에도 없어야. 산도 하늘도 들도

다 저 혼자 고고한 거제 우리 사람 같은 건 안중에도 없어
야. 부모자식도 없어. 사람은 저 캄캄한 나무 사이로 혼자
걸어가는 거여!"

수아는 얼굴을 무릎에 묻고 운다. 말이 무서워 운다.

훌쩍이며 고개를 들어보니 아이도 아카시아 숲도 간데
없다. 어둠을 안고 선 검은 나무들만이 외롭게 서 있다. 저
나무 사이로 오래 걸어도 집이 없을 것 같다.

"오매, 너 얄궂다, 얄궂어."

수아는 눈을 뜬다. 아이가 마당으로 들어서고 있다.

"얄궂게 거기 앉거서 졸고 있냐고!"

금이가 음식 담은 쟁반을 들고 툇마루로 다가온다. 수
아는 기둥에 기댄 몸을 바로 세웠다.

가족 버스

기도 소리는 여전히 환청만 같고, 당장은 두꺼운 이불에 눌린 가슴이 갑갑하다. 지겨운 이불을 견뎌내며 나는 가만히 눈을 뜬다. 그러나 정작 내가 덮은 건 장례식장에서 구매한 홑청 같은 담요다. 잠든 새 누군가 덮어준 담요를 나는 낯설게 매만진다. 유족 휴게실은 후텁지근하다. 분향소를 끼고 양쪽에 날개처럼 가족실이 달려 있고, 이곳은 여자 상제들이 쓰는 북쪽 방이다. 침대에는 막내올케가 어린 남매를 끼고 잠들었고, 바닥에는 언니와 작은올케와 어린 조카들이 칼잠을 자고 있다. 습기 찬 유리창으로 새벽 미명이 번하다.

　주 예수께 받은 사명, 곧 하나님의 은혜의 복음을 증언하는 일을 마치려 함에는 나의 생명조차 조금도 귀한 것으로 여기지 아니하노라……

분향소 쪽에서 여자 목소리가 웅얼웅얼 들려온다.

나는 일어나 앉아 안경을 더듬어 쓴다. 머리가 지끈 팬다. 옆에서 작은올케가 설핏 눈을 뜬다.

"고모, 더 주무시지 않고선……"

"나 때문에 깼나봐? 더 자요."

다 크게 울며 바울의 목을 안고 입을 맞추고 다시 그 얼굴을 보지 못하리라……

"정성이네. 지극정성이야……"

작은올케는 지겹다는 듯 담요를 목까지 당기며 돌아눕는다. 나는 주섬주섬 자리에서 일어나 분향실로 나선다.

세 가닥 향불이 끝나간다. 몸피 작은 큰올케가 엄마의 영정 앞에 오그리고 앉아 성경을 봉독하고 있다. 올케는 머리를 들지 않고 나는 뒤에서 발소리를 죽인다. 소파에는 큰오빠가 덮은 것 없이 길게 누워 있다. 삼베 완장을 찬 왼팔을 이마에 올렸는데 반쯤 가려진 얼굴이 애처롭다. 늙어갈수록 생전의 아버지를 닮아간다. 사흘 동안 공장 작업복 차림으로 밀려드는 회사 동료들을 쉴 새 없이 맞았다. 오빠는 지금 쓰러져 있는 것이다.

나는 방으로 돌아가 외투를 걸치고 담요를 챙겨 나온다. 큰오빠는 미간을 찌푸린 채 가만히 눈을 감고 있는데 깨어 있는지도 모르겠다는 생각이 든다. 나는 멈칫했다가 오빠에게 담요를 덮어주고 접객실로 나온다.

운구를 해주려고 남은 막냇동생 친구들이 탁자 사이사이에 잠들어 있다. 창 밑에는 그들이 지난밤 끼고 앉은 카드게임 테이블이 밀쳐져 있다. 막 출근하는 상조회사 장례사를 맞닥뜨려 묵례를 나눈다. 철도원 같은 예복을 갖춘 여자가 인사한다.

"눈 좀 붙이셨어요?"

"벌써 나오셨어요?"

네댓시간 만에 일터로 돌아온 여자는 화장이 떠 있다.

"화장터는 예약을 해둬도 오는 순서대로 받거든요."

어제도 들었던 소리다. 일곱시에는 발인하여 시립화장장으로 갔다가 세시간을 달려 영암 장지까지 가야 한다. 나는 구두를 찾아 신고 장례사에게 생수 한병을 얻는다.

"상제님."

장례사가 불러 세운다.

"추모예배는 드리기로 결정하셨어요?"

나는 엉거주춤 서서 불편한 마음으로 여자를 바라본다. 여자는 장례지도에 서툴고 융통성도 없다. 큰올케는 첫날부터 엄마의 장례를 교회장으로 치렀으면 하는 바람을 내

비쳤다. 엄마가 요양원에서 지내는 동안 세례를 받았다는 거였다. 지난 초겨울, 아버지 제사에 다녀온 언니를 통해 들었던 얘기였다. 그때는 그러려니 했는데 비석에 십자가를 새겨 성도(聖徒)로 모시자는 주장에는 모두들 처음 듣는 소리처럼 뜨악해했다.

"치매 걸린 노인이 뭔 세례를 받았다고 올케는 자꾸 고집을 부리는지 모르겠네."

언니가 퉁명스레 말했다. 나는 언니가 큰올케를 흉보고 못마땅해하는 소리도 지겨워하는 입장이었다. 큰올케는 지나친 신앙생활을 빼고는 무난한 맏며느리였다.

"고모, 그런 말 마세요. 세례를 받으실 때 어머님 표정이 얼마나 평안하셨다고요. 주일엔 또 어떻고요. 손을 꼭 잡고 기도하자면 애기처럼 해맑으셨어요. 자손들 잘되려면 이번엔 제 의견을 따라주세요. 오래 어머니를 모신 입장에서 드리는 부탁이에요."

식구들은 입을 다물었다. 면회에 대해서라면 어쩔 수 없이 엄마에게 미안한 마음을 조금씩 갖고 있지만 자손들까지 들먹이는 게 협박처럼 들렸다. 주일마다 요양원으로 면회를 다녔다고 생색을 내나 싶기도 했다. 그때 장례사 여자가 "잘 결정하셨어요, 권사님" 하고 반색을 하며 거

들어서 불편했다.

친정 형제들은 큰올케에게 섭섭한 게 많아도 오빠를 봐서 언성을 높이지 않아왔다. 이번에도 부부간에 잘 정리해주길 바랐다. 이제 와서 나는 엄마를 어떤 식으로 모시든 상관없다는 마음이었다. 남은 사람들이 마음 편하면 족했다. 장례 동안 올케언니가 다니는 교회의 목사와 신도들이 방문해 조문예배를 드렸고, 가족들은 교회의 호의에 감사드렸다. 큰오빠 부부가 남 보지 않는 곳에서 옥신각신했겠지만 어젯밤 큰오빠는 아퀴 짓듯 말했다. 아버지 때처럼 잘 모시자고.

"가족끼리 치르기로 한 것 같은데요. 상주가 분향소에 계시니 의논해보세요."

나는 장례사를 건너다보며 대답한다. 그러면서 저절로 외투 안주머니로 손이 간다. 안주머니에는 세장의 편지지가 들어 있다. 입관을 앞두고 장례사는 십자가가 인쇄된 편지지를 내밀었다. 그녀는 상제 중 하나가 어머니에게 편지를 써서 주면 입관 때 관에 넣어드리겠다고 했다. 장례사는 마치 권하는 게 아니라 자식들로서 당연한 의무를 맡기듯 말했다. 우선 오빠들이 성가신 숙제를 받은 양 당황했다. 마음이야 편지보다 더한 것을 관에 넣고 싶지만 편지를 쓰고 그걸 낭독하는 일은 누구에게도 익숙하지 않았다. 큰오빠가 슬그머니 작은오빠에게 편지지를 밀었고, 보고 앉았던 장례사가 무슨 불경한 짓을 본 듯이 나를 힐끔 건너다보았다.

"따님이 시인이시라면서요?"

또 그 소리를 어디서 들었는지 모른다. 왠지 나는 그 말이 모욕처럼 들렸다. 병풍 뒤에서 나온 소리처럼 여겨졌다. 이내 나는 내 병증이 도지고 있는 건 아닐까 하고 위축되었다. 가족들은 떨떠름한 가운데도 너밖에 없다는 표정이었다.

"그래. 지민이 엄마가 편하게 써봐라."

작은오빠가 편지지를 밀어주었다. 나는 편지지를 챙겼지만 입관 때까지 한줄도 쓰지 못했다. 마음이 무거워지는 게 생각할수록 장례사의 처사가 얄미웠다. 애도를 지나치게 규격화하려 드는 것 같았다. 물론 낭독하지 않고 그냥 관에 넣을 편지라면 나는 열통 스무통도 쓸 수 있었다. 그렇지만 나 역시도 친정 식구들 앞에서 내 마음을 내보이고 싶지 않았다. 난 슬픔을 내보이는 데 서투르고, 누군가 옆에서 징징거리면 내치는 편이었다.

바깥 공기는 바람 없이 싸늘하다. 현관 앞에 꽃집 트럭이 시동을 건 채 서 있고, 청년 하나가 화환을 옆집 빈소에 넣고 있다. 나는 파우치에서 담배를 꺼내 문다. 파우치와 주머니를 더듬어보았는데 어디에 흘렸는지 라이터가 잡히지 않는다. 나는 트럭에 오르는 꽃집 청년에게 불을 빌린다. 앞산 헐벗은 아카시아 숲으로 잔설이 희끗희끗하다.

이내 꽃집 트럭이 떠난다. 내리막길로 빠져가는 트럭을 좇다가 나는 상복 차림을 한 여학생을 발견한다. 뒤태가 딸아이로 보인다. 지민은 내리막길을 걸어 병원 본관 쪽으로 난 길을 내려가고 있다. 나는 딸아이를 불러 세울까 하다가 그만둔다. 어제부터 생리 기운이 있다더니 상가 매점에라도 가는가 싶다. 그러나 뒤미처 매점이 벌써 문을 열었을까 의문이 든다.

나는 주차장을 가로질러 앞산으로 난 산책로로 들어선다.

오래전 아버지도 이 병원에서 투병 끝에 돌아가셨다. 그때 나는 이 숲에 들어 시 한편을 지었다. 그때도 겨울이었고 겨울 산은 십년 전 모습 그대로다. 정상에는 정자가 있겠지. 그곳에서는 산맥 자락에 들어앉은 소도시를 한눈에 조망할 수 있다.

큰오빠는 젊어서부터 이 도시의 산업단지 자동차 부품

공장에서 일했다. 친정아버지가 돌아가신 뒤에는 고향에서 지내는 엄마를 모셔왔다. 슬하에 3남 2녀를 둔 노인들은 대체로 여한 없이 살다가 가셨다. 다만 만년에 일점 회한이 있었다면 둘째딸이 일찍이 이혼녀가 되었고, 우울증에 시달리며 남의 자식처럼 멀어졌다는 점일 것이다.

산책로는 빙판이다. 올겨울은 삼한사온이 그런대로 지켜져 시내 도로도 눈이 녹았다 얼면서 미끄러웠다. 이 길은 그때도 첫눈이 내려 눈길이었다. 나는 길가로 비켜나 발길 닿지 않은 눈을 밟는다. 반쯤 언 눈이 밟히며 꺼지는 소리가 커서 깜짝깜짝 놀란다.

아버지를 여의었을 때는 이혼 수속 중이었다. 초등학교에 막 입학한 지민을 장례식장에서 데리고 나왔다. 장례를 치르고 돌아가면 딸과 떨어져 지내야 할 테고 자라는 모습을 지켜보지 못할지도 몰랐다. 내 신경은 온통 지민에게 쏠려 있었다.

딸아이는 제 엄마가 슬픔에 잠겨서 곡하는 모습에 충격을 받은 모양이었다. 아이는 할아버지가 돌아가셔서 슬프다기보다 엄마가 슬퍼서 슬프다고 말했다. 그리고 사람은 왜 죽는지, 죽으면 어떻게 되는지 자꾸 물어왔다. 나는 아이가 이별을 별스럽지 않게 받아들였으면 싶어 그럴

듯한 대답을 찾아 들려주었다. 천국을 말해주고, 다시 태어나는 윤회에 대해서도 말해주었다. 급기야는 인연에 대해, 부모와 자식이 얼마나 신비롭게 얽혀 있는지 그 운명에 대해 얘기하기에 이르렀다. 나는 딸애가 할아버지와 강하게 연결되어 있다는 사실을 알았으면 싶었다.

"그러니까 할아버지가 엄마를 낳고, 엄마가 나를 낳았으니까 할아버지는 사라지는 게 아니네."

"그렇지. 사람은 그렇게 영원히 남는 거야."

"그래도 엄마가 너무 슬프잖아."

뜨거운 숨이 목구멍을 메운 듯했다. 나는 하, 하고 숨을 내쉬었다. 왠지 아이에게 위로를 받은 것처럼 코끝이 찡해왔다. 길이 미끄러워 아이와 나는 손을 꼭 잡고 종종걸음을 쳤다.

"우리 지팡이 만들까?"

딸에게 지팡이라도 안겨주려고 찾아보았지만 쓸 만한 나뭇가지가 눈에 띄지 않았다. 그러다가 언덕바지에서 눈에 묻힌 마른 삭정이 하나를 발견했다. 그건 낫으로 쳐내서 마른 칡덩굴이었다. 나는 덩굴 끝을 잡아당겼다. 덩굴은 뽑히지 않고 적설을 길게 가르며 팽팽하게 일어섰다. 산이 통째로 딸려 오는 착각이 들었다. 언덕을 덮은 눈 한

귀가 들썩인 것이겠지만 인연에 대해 아이와 이야기하던 끝이라 그랬는지 산이 통째로 움직인 것처럼 느껴졌다. 한순간의 통각처럼 나는 몸이 굳었다. 거대한 흰 소의 고삐를 쥔 아이처럼 덩굴을 쥐고 어쩔 줄 몰랐다.

덩굴에 딸려 오는 겨울 산.

나는 무릎을 굽혀 아이를 끌어안았다. 아이는 영문을 모르고 품에 가만히 안겼다.

"그래도 엄마는 괜찮아. 네가 있으니까."

그 겨울에 쓴 시의 풍경으로 되돌아온 느낌이 든다. 그러나 이제 돌이켜보아도 그런 시적 각성이 내 몸에 남았을 리 없다. 이미 시를 썼으므로 낡아버린 감각에 나 자신 반응할 수 없다는 사실을 잘 안다. 시인에게 시집은 무덤과 같은 것, 그래서 세상 어떤 시인도 자신의 시집에 감동하지 않으리라.

그럼에도 나는 발을 세우고 오래전 딸아이와 함께 있던 자리를 찾듯 주위를 둘러본다. 잎 진 칡덩굴들이 힘줄처럼 여전히 언덕을 덮고 있다. 나는 수로로 내려서서 덩굴 하나를 찾아낸다. 잡아당겨본다. 산은, 얼어붙은 산은 미동도 않는다.

나는 맥없이 물러나 손을 턴다. 왠지 거부당한 느낌이

든다. 이제 훤해진 하늘을, 그 거짓 없이 명백한 세계를 나는 우러른다. 찔끔 눈물이 난다. 비로소 엄마의 죽음을 실감한다. 이 눈길 위에 숲에 아무도 없는 것을 확인하고 나는 안심한다. 이곳이 오랫동안 내게 호곡장(好哭場)처럼 기억되고 있었다는 사실을 깨닫는다. 입술을 비틀어 운다. 더 울어버려! 더 크게! 그렇지. 더…… 목젖까지 내놓고 서럽게 운다.

지겨운 이불을 걷어내버린 것처럼 후련해진다.

산 중턱을 기진맥진 오르고 있을 때 전화벨이 울린다. '소현 맘'이라고 이름이 뜬다. 나는 바로 전화를 받지 않는다. 전화가 끊긴 후 나는 목소리를 가다듬어 소현 엄마에게 전화한다.

─지민이 엄마, 어떡해요?

"고마워요."

─애들이 조문 갔다고 해서 알았지 뭐예요. 상심이 크겠지만 힘내요.

"……"

나는 딸아이가 사라진 길과 병원 본관 쪽을 내려다본다. 고2인 딸은 친구들과 용인의 기숙학원에 들어가 보름째 방학을 보내고 있다. 이틀 전 부음을 듣고, 학원에서 아이를 데려왔다. 수업 중에도 주차장까지 배웅을 나온 소현과 자영이 모습이 선하다.

— 얼마 전에 학원 사감 선생이 전화를 했더라고요. 지민이 외할머니 장례식에 가야 한다고 애들이 길을 나섰다고요.

"집에 전화도 않고요?"

— 그저께 전화해서 지민이 소식은 전하더라고요. 근데 조문 간다는 소리는 없었거든요. 학원에다가는 부모한테 허락을 받았다고 말하고 나간 모양이에요. 다녀오겠다고 전했으면 자영 엄마랑 제가 막을 사람들인가요, 어디? 그나저나 연세가 어떻게 되셨어요?

"여든둘이에요."

아직은 아쉬운 나이라느니, 편안히 가셨냐느니 지겨운 위로가 이어졌다.

"저희들 맘 다 아는데 여기까지 올 게 뭐래요, 참……"

나는 미안해한다. 입시를 코앞에 둔 애가 친구네 장례식에 간다고 학원까지 빼먹으니 어떤 엄마인들 좋아할까. 그렇지만 걔들의 의리는 아무도 못 말린다. 아이들이 절친으로 꽁꽁 묶여 있어서 세 엄마도 친분이 없으면서 서로 연락을 주고받고 있다. 우리는 제 딸들이 무사히 대학에 갈 때까지 무슨 약정처럼 엮여서 아이들을 관리하고 있다. 하나가 삐끗하면 다른 둘도 삐끗할까봐 조바심이 난다. 때로 입시생을 셋이나 둔 것처럼 버거울 때가 있다. 지난 한해 세월호로 아이들이 동요하여 우리들은 걱정이 적잖았다. 차마 세월호의 '세'자도 애들 앞에서 꺼내지 않았지만 우리는 살얼음판을 걷는 기분이었다. 방학을 하자마자 방학특별반을 운영하는 기숙학원을 수소문해 아이들을 보냈다. 나는 세 여자와의 관계에서 중학교 교사 신분이 아닌 철저히 입시생을 둔 학부모 역할을 하고 있다.

"아까 지민이가 마중을 나갔으니 지금쯤 왔겠네. 내가 잠시 나와 있거든요."

— 무사히 갔나보네요. 소현이한테 전화 좀 달라고 해 줘요.

학원에서 휴대폰을 압수해서 아이들은 전화기 없이 지내고 있다.

"그래요. 전화 드리라고 할게요. 일곱시에 발인을 하니까 끝나는 대로 바로 애들 돌려보낼게요."

— 날도 추운데 어떡하죠? 찾아뵙지 못해 죄송해요. 애들이 말해줬으면 함께 갔을 텐데. 돌아오면 우리 한번 봬요.

"그래요. 고맙고 미안하고 그렇네."

— 원, 별말씀을요. 그래도 애들이 기특하네요.

전화를 끊고 통화 목록을 확인한다. 새벽 다섯시, 여섯시 십분에 낯선 번호와 통화한 이력이 떠 있다.

발인제가 가까워져 온다. 나는 걸음을 돌려 산을 내려간다. 멀리 아이들이 장례식장으로 올라오고 있다.

엄마는 화장로로 들어갔다.

고별실에 모인 가족들이 훌쩍거린다. 이내 울음이 그치고 조용해진다.

"할머니, 잊지 않을게요."

지민이만 소리 내어 운다. 아이가 울어서 나도 운다. 눈물도 없이 운다. 녀석은 줄줄 눈물을 흘리면서 메마른 어미의 눈을 손으로 훔쳐준다.

나는 지민이 친구들을 구내식당으로 데려간다. 아이들에게 곰탕을 먹인다. 지민이 훌쩍이느라 숟가락을 들지 못하고 있다. 제 친구들이 옆에 붙어서 위로하느라 나는 끼어들 틈이 없다. 하나는 손수건으로 눈물을 훔쳐주고 하나는 숟가락을 들려준다. 그래도 울음을 그치지 않자 소현과 자영이 지민을 데리고 화장실로 간다.

이혼 후 지민은 제 아버지와 살다가 2년 만에 제 아빠가 재혼하면서 돌아왔다. 나는 우울증을 치료해야 해서 엄마를 불러서 한해 남짓 살림을 맡겼다. 그때 정이 들어서 엄마는 다른 손주들보다 지민을 각별해했고 아이도 할머니를 곧잘 따랐다. 엄마를 요양원으로 모시고 나서는 지민을 데리고 드문드문 면회를 다녔다. 자식들을 알아보지 못하고 눈도 마주치지 않는 노인을 보고 있노라면 이제 이 사람을 엄마라 부를 수 있을까 하는 생각이 들고는 했다. 보고 돌아오는 길이면 고통스러웠다. 지민이가 고등학생이 되고 나서는 계절에 한번씩 혼자 면회를 다녀왔다. 그게 석달 전이었고, 그날 나는 엄마 머리를 쓰다듬어주며 "이제 편히 가요, 엄마" 하고 속삭였더랬다.

나는 빈 식탁을 지키고 앉았다가 곰국 그릇을 쟁반에 담는다. 주방으로 가져가 데워달라고 부탁한다. 아이들이 돌아왔을 때 곰국이 다시 나왔다.

"자, 어서들 먹어."

나는 여자애들을 둘러본다. 학원에 들어간 뒤로 살이 조금씩 더 오른 것 같다. 아이들이 숟가락을 든다. 나는 아이들 국그릇에 밥을 말아준다. 애들은 말없이 밥을 뜬다. 나는 지민의 이마로 흘러내린 머리카락을 쓸어 귀 뒤로 넘겨준다.

"너희들도 먼 길 돌아가야 하니까 든든하게 먹어. 다행히 막내외삼촌 친구 중에 돌아가는 차가 있다더구나."

지민이 고개를 든다.

"엄마, 같이 가면 안 돼? 어차피 하루 쉬겠다고 허락받고 나왔는데."

두 아이도 허락해달라는 표정으로 건너다본다. 나는 못본 체한다.

"이제 학원으로 돌아가야지. 부모님들이 걱정하잖니."

"아까 전화드렸는걸요."

소현이 대꾸한다.

"그래서 뭐라고 하시든? 영암까지 다녀오라고 하셔?"

아이는 대답을 못한다. 나는 자영이도 바라본다. 녀석도 입술을 말아 넣는다.

"너희들 맘 충분히 알아. 참 고맙지. 영암은 먼 길이야. 장례 치르고 돌아오려면 밤이나 될걸. 그리고 지민이는 오늘 학원으로 못 돌아가. 외삼촌 집에서 재우고 내일 보낼게."

나는 아이들 얼굴을 살피며 동의를 구한다.

"엄마."

지민이 숟가락을 그릇에다가 놓는다. 그러고도 아이는 우물거린다.

"장례식도 그렇지만, 우리 꼭 다녀와야 할 데가 있어."

나는 영문을 몰라 아이를 쳐다본다.

"영암에서 팽목항 가깝잖아. 친구들이랑 다녀오고 싶어."

나는 숟가락을 놓고 허리를 세운다. 전혀 예상치 못한 소리라 할 말이 없다. 소현이 목청을 틔우고 입을 연다.

"제발 안 된다는 말씀 말아주세요. 우리끼리 오래전부터 고민 많이 하고 약속한 일이에요."

"거기 가서 뭘 하게?"

소현이 움찔한다.

"…… 가보고 싶어요. 가봐야 할 거 같아요."

내내 입을 꾹 다물고 있던 자영이 작정한 듯 입을 뗀다.

"그냥 이대로 있는 게 너무 힘들어요. 우리가 할 수 있는 게 아무것도 없다는 게 너무 힘들어요."

나도 모르게 발끈한다. 가슴이 답답해온다.

"그래. 너희들이 가서 할 수 있는 거 없어. 진실을 찾고 싶어? 그런 소리 하고 싶은 거야? 그럼 대답도 알겠구나. 대학 가고 나서 다음에 힘 있을 때 찾아. 기억해두고 싶어? 너희들 그렇게 안 해도 절대 못 잊어."

"가만히 있으라고 할 참이야?"

지민이 목청을 높인다. 나는 아이를 쏘아본다. 대번에 눈물이 맺힌다. 지민이 한풀 꺾인 목소리로 말한다.

"미안해. 우리를 걱정하는 거 알아. 그래도 지금 참으라고만 하지 말아줘. 더이상 참을 수 없을 만큼 마음이 아파서 그래."

나는 어이가 없어서 헛웃음을 친다. 아이들 얼굴에 당황한 기색이 역력하다. 그 표정을 보자니 나도 모르게 전의가 인다. 나는 참을 수 있지만, 무너뜨리고 만다.

"그래서 어쩌라고? 니들 엄마한테 뭐라고 하라고? 가뜩이나 여기까지 온 것도 면목 없어 죽겠는데 진도까지 보냈다고 할까? 아줌마 지금 엄마를 잃은 사람이야. 나도 어떻게 해야 될지 모르겠다고. 그런데 너희들은 자기 죄책감 덜자고 나를 이리 괴롭혀도 되는 거니? 어?"

나는 내 분에 겨워 소리친다. 지민이 손을 뻗어 어깨를 감싼다.

"미안해, 엄마. 이러려고 그런 건 아니었어. 그냥 거기 한번 가보고 싶었을 뿐이야. 1년 동안 내내 그랬어. 우리만 공부해서 미안하다고 바다에 대고 말하고 싶었어. 잊지 않았다고 말해주고 싶었어. 우리가 무슨 대단한 걸 하겠다는 거 아니었어. 나는 할머니를 2년 동안이나 못 봤어. 그래서 가슴이 더 아파."

나는 아이를 친구들에게 맡겨놓고 일어선다. 휴대폰을 테이블에 올려놓는다.

"전화들 하고 와."

한시간 사십분 만에 엄마는 유골함에 담겨 나온다. 큰조카가 영정을 들고, 큰오빠가 유골함을 가슴에 안고 앞서 걷는다. 장의버스에 오르기 전에 나는 지민이를 불러 세운다. 나는 아이의 목도리를 여며주며 묻는다.

"꼭 갈 거야?"

아이는 머리를 끄덕인다.

"잘하는 짓인지 모르겠다만 니들 맘이 그렇다니 가보자. 장례 끝내고 다녀와. 근데 생리는 괜찮아? 진통제가 있는데 하나 먹을래?"

"두통이 좀 있는데 참을 만해. 필요하면 말할게. 그리고 엄마, 이거."

아이가 외투에서 주섬주섬 휴대폰을 꺼내준다. 전화기뿐이 아니다. 라이터도 함께 내민다.

"새벽에 향불이 꺼져서 붙여드리느라고."

나는 휴대폰과 라이터를 파우치에 넣고 돌아선다.

"저기, 엄마."

나는 돌아본다. 아이가 머뭇거리며 말한다.

"아빠한테서 전화 왔어. 할머니 잘 모셔드리고 오래. 그리고 엄마 많이 위로해주래. 아빠도 많이 놀랐나봐. 전화 연결해줘?"

"아냐. 다음에 할게. 어서 타자."

45인승 버스가 유가족에 사촌들까지 타서 꽉 찼다.

소현이와 자영이 뒤쪽에 자리를 맡아놓았다고 손을 까부른다. 나와 지민은 아이들 건너편에 나란히 앉는다.

어쩌면 밤샘을 했는지도 모르는 지민이 이내 어깨에 머리를 기대고 잠든다. 소현이가 무릎담요를 건네준다. 저희들도 담요 한장을 나란히 나누어 덮고 앉았다. 자영이는 참고서를 꺼내서 펼쳐 들고 있다.

나는 지민이의 배부터 무릎까지 담요로 꼭 싸매준다. 통로로 고개를 빼서 앞 좌석들을 바라본다. 사흘간 지친 가족들이 조용하다. 운전석 뒤에 유골함을 안은 큰오빠가 홀로 꼿꼿이 앉아 있다. 그 건너편으로 큰올케가 도시락 상자들을 끼고 앉았고, 그 뒤로 작은오빠네 부부가, 언니네 부부가, 그리고 막냇동생 부부는 아이를 하나씩 안고 한 자리를 차지했다. 큰조카네 부부도 세살 난 조카를 무릎에 눕혀놓고 앉았다. 다 큰 조카들이 여덟명이다. 직장에 다니는 애도 있고, 군대에서 휴가 나온 애도 있으며, 대학생도 있다.

자손이 번창했으니 엄마는 행복한 생을 살다가 가신 걸까. 입관 때 벗은 몸을 보니 엄마는 참으로 작은 소녀 같았다. 이태 넘게 디뎌보지 못한 발은 부드러워져서 마치 어린아이 발을 만지는 것 같았다. 그 작은 몸이 새끼 여섯을 낳았다. 작은오빠와 나 사이에 딸이 하나 있었는데 젖을 백일도 못 먹이고 잃었다고 엄마는 생각나면 안타까워했다. 이름도 잊어버렸다고 한탄했다. 나를 낳고는 그 아이 데려가서 하늘이 미안해 되돌려준 거라고 말했다. 한 생이 참으로 고적하게 사라져버렸다.

그래도 나는 덤덤하다. 나는 잘 견뎌내고 있다. 어미 잃은 어미로서 나는 자식을 향한 몸으로 진화하여 이렇게 강한가? 그런 생각을 하기도 한다. 그러자니 자식 잃은 엄마들의 심정이 어떨까, 마음이 사무친다. 그것들을 돌보고 자라는 거 보며 살라고 만들어진 어미들인데 이제 어디에 맘을 둬야 할까? 살아가면서 지민이와 경쟁자도 되고 친구도 되었을 아이들. 지민이는 아직 수학여행을 다녀와본 적 없다. 5년 전 중학생 때는 신종플루가 성행해서 수학여행이 취소되었고, 지난가을에 잡힌 수학여행은 무기한 연기되었다. 세월호의 아이들이 첫 수학여행이라고 들떴다는 유가족들의 증언을 접할 때면 가슴이 가장 아팠다.

나는 담요 밑으로 지민의 손을 꼭 잡는다. 아이가 고맙다. 내 곁에 이렇게 생생하게 있어줘서 고맙다. 아이가 무슨 짓을 해도 품어주리라. 대학도 출세도 결혼도 욕심내지 않겠노라 마음먹는다. 그러나 나는 안다. 어느새 잊고 아이를 걱정하고 닦달하고, 아이와 부딪히리라는 것을. 지난 1년 내 수없이 겪어온 일이다. 그래서 때로 나 자신이 견디기 힘들었다고 잠든 딸아이에게 말해주고 싶다.

나는 아이의 손을 놓고 외투에서 편지지를 꺼낸다. 이제 엄마와의 시간이 많이 남지 않았고 나는 뭐든 써야 할 것 같다.

엄마,

십년 만에 돌아가네.

온 식구가 한 버스 타고 엄마 따라 고향으로 돌아가네.

가족사진 한장 남기지 못한 형제자매들이

오늘은 한데 모여 고향으로 돌아가네.

자식들 흩어지지 않고 여기 다 모였네.

언젠가는 우리 모여 엄마와 작별할 줄 알았지만

막상 그날 오니 엄마를 어떻게 보내야 할지 모르겠네.

세상이 온통 얼어붙은 시절에 지친 엄마를 보내드리네.

어제 보니,

우리 여섯 낳고 불불 기며 거둬 먹이던 그 큰 사랑이

저렇게 작은 몸, 소녀 같은 몸인 줄 몰랐어.

우리 누구 하나 배곯지 않고

정에 굶주리지 않고 자랐네.

우리 엄마보다 큰 헌신과 사랑을 나는 아직 알지 못하네.

그래서 우리 엄마는 얼마나 큰가.

나는 편지를 쓰다 말고 입술을 물었다. 언제 깼는지 지민이 손수건을 내민다. 나는 그 손수건으로 눈구석을 훔치고 코를 푼다.

버스가 휴게소에 선다. 지민이 생리대를 챙긴다. 맞은편에서 소현이 입을 동그랗게 말아 지민에게 신호를 보낸다. 자영이도 제 가슴을 두드린다. 지민이 이죽거리며 생리대를 두개 더 챙겨서 외투 주머니에 넣는다.

"너희 셋 다?"

나는 입이 벌어진다. 지민이 장난스럽게 고개를 끄덕인다.

"참 대단하다, 그 우정."

나는 지민이가 나가도록 발을 오므려 길을 터준다. 나는 맨 뒤에 선 자영을 붙들어 만원을 안긴다.

"음료수라도 사 먹고 와."

"감사합니다."

나는 다시 편지지를 펼친다. 뜨거웠던 손끝이 금세 식어 있다.

버스가 출발하기 전에 나는 큰오빠 자리로 간다.

"오빠, 교대 좀 할까? 내가 유골함 좀 안고 가고 싶은데."

나는 앞 좌석에 앉은 장례사를 바라본다. 여자가 고개를 끄덕인다. 오빠가 자리에서 일어난다. 그는 목에 두른 흰 천을 벗어 내 목에 걸어주고 유골함을 가슴에 안겨준다. 단지가 식지 않았다.

나는 지민이를 불러 옆자리에 앉힌다. 호기심 어린 얼굴로 조심스럽게 단지에 손을 댄 지민이 깜짝 놀란다.

"어머, 아직도 따뜻하네."

나는 단지를 어루만진다.

"너도 좀 안아볼래?"

지민이가 고개를 끄덕인다. 나는 오빠가 내게 했듯이 목에서 천을 벗어 아이에게 걸어준다. 우리는 조심히 단지를 주고받는다. 아이가 의자 깊숙이 등을 밀고 앉아 마치 임부처럼 단지를 어루만진다.

"엄마, 따뜻해져. 아랫배가 따뜻해."

지민이 신비롭다는 듯 말한다. 지민이 자라 뒷날 아이를 갖게 된다면 아마 저런 표정을 지을 것이다. 나는 아이 손을 잡고 눈을 감는다. 잠은 오지 않는다.

이십여분쯤 그러고 앉았는데 작은오빠가 어깨를 두드린다.

"나도 우리 엄마 좀 안아보자."

아이와 나는 유골함을 오빠에게 넘기고 뒷자리로 돌아온다.

머잖아 막냇동생이 그리고 언니가 교대하며 유골함을 품는다. 휴가 나온 조카아이까지 안고 나니 고향이다.

마을회관 마당에서 차일을 치고 노제를 지낸다. 고향

어른들이 조문한다. 어른들은 자식들 손을 하나하나 잡아준다. 불쌍하다고, 애썼다고, 어쩌겠냐고 위로한다.

영정을 앞세우고 옛집으로 간다.

사람 없어 허물어진 집을 돈다. 부엌도 들여다보고 뒤란도 돌아본다. 멋대로 자란 사철나무 울타리 틈에 열매를 매단 치자나무가 박혀 있고, 텃밭에는 늙고 못생긴 유자나무가 푸르다. 영정은 헛간에도 들어간다. 멍석이 걸려 있고, 소쿠리가 놓여 있고, 곡괭이와 호미가 남아 있다. 작은오빠가 헛간에서 중학생 학생모를 쓰고 나온다. 그게 아직까지 남았느냐고 다들 놀라워한다. 큰오빠와 작은오빠가 서로 자기가 썼던 모자였나보다고 우긴다. 장례도 잊고 살가운 실랑이를 벌인다. 작은오빠가 모자 속을 뒤집어본다. 매직으로 쓴 두 사람 이름이 모두 남아 있다. 형제간에 물려받은 모자였던 모양이다.

"이제 가자."

호상 역을 해주던 동네 아저씨가 사립에 플라스틱 바가지를 엎어놓는다.

"이제 다 잊고 가는 거여."

큰오빠가 바가지를 힘껏 밟아서 깨뜨린다. 가슴이 철렁하고 다시 눈시울이 뜨거워진다.

장례 행렬은 마을 앞산을 오른다. 무릎이 안 좋은 노인들이 산자락에 멈추고, 자손들은 한줄로 산을 오른다. 유자가 익어가고 있다.

예전 밭이었던 자리에 선산이 꾸며져 있다. 오빠들을 돌아본다. 언제 이런 것을 해두었을까? 이 집안 사내들을 바라보자니 소원했던 지난 몇년이 새삼스럽다. 오빠들이 애틋해진다.

십년 묵은 아버지의 봉분을 연다. 합장할 것이다.

나는 장례사에게 다가간다.

"편지를 썼어요."

나는 편지를 꺼내서 보여준다.

"읽으시겠어요?"

나는 잠시 생각하다가 고개를 끄덕인다.

봉분으로 형제들이 둘러선다. 산역꾼들이 물러선다.

엄마, 둘레둘레 보소.

책보 두르고 소학교 가던 곱고 야무진 소녀가 자란 마을이 지척이네.

새끼 낳고 거둬 먹이던 옛집이 보이는가?

사철 들로 넘어가던 고갯마루에 엄마를 모시네.

땔감을 모으던 숲이 보이는가?

가녀린 목에 푸성귀 이고 가 젖은 돈 모아 오던 길도 보이는가?

코를 훔치고 낯을 씻기던 그 손길을 어떻게 잊을까.

아랫목에서 온기를 지킨 따순 밥은 어디서 먹을까.

오매오매, 맨발로 맞아주던 정겨운 목소리는 어디서 들을까.

엄마,

좋은 기억도 많고 몹쓸 기억도 많겠지만

이제 자식 걱정, 세상 근심 벗어놓고 훨훨 날아가소.

젖 한번 못 물려 가슴에 맺힌다는 그 언니도 만나 실컷 젖 물리고

외할아버지 외할머니도 만나고, 아버지도 만나고,

엄마 형제들, 언니 오빠 막냇동생도 만나소.

우리는 어린것들한테 엄마 얘기 들려주고 늘 그리운 마음 간직할게.

가끔은 꿈으로도 와주고, 바람으로도 눈으로도 와주소.

오랫동안 병상에서 입속에 맴돌던 자식들 이름,

이제 맘껏 소리쳐 불러보소.

다음에 우리 다시 만나세.

잘 가소.

사랑하는 우리 엄마 잘 가소.

형제들과 올케들과 조카들이 울음을 터뜨린다. 큰올케
가 두 손을 모으고 꿇어앉아 기도한다. 나는 편지를 유골
함에 올려놓고 흙 한줌을 뿌리고 물러선다. 그러고는 언
니네 조카를 당겨 세우고 부탁한다.

"운전 좀 해주렴. 지민이가 친구들하고 진도에 좀 다녀
오겠대."

봉분을 치는 동안 나는 아이들을 데리고 마을로 내려
온다.

고향에 남은 육촌에게 자동차를 빌린다.

마음을 이미 정했는데도 가슴 한편이 개운치 않다. 지
민에게 좋은 것만 보이고 살지는 못했어도 아이가 가슴
아픈 일을 겪는 게 늘 두렵다. 다시 한번 말려볼까?

그러나 이미 아이들은 차에 올라 있다. 나는 창에다가

대고 당부한다.

"다섯 시까지는 돌아와야 해."

지민이 손을 내밀어 잡는다.

"걱정 마. 금방 돌아올게."

"엄마 걱정 안 해."

아이는 쉬 손을 거둬들이지 않는다. 미안한 기색이 역력하다. 아이는 불끈 손을 쥐여준다. 우리는 손을 놓는다. 나는 어서 다녀오라고 손짓한다.

차가 동구 밖으로 멀어지는 걸 지켜본다.

"잘한 거야. 잘했어……"

나는 절박하게 중얼거린다. 등 뒤에서 봉분 치는 소리가 울린다. 나는 소리 나는 쪽으로 몸을 돌린다.

합석

세 여자는 대학교 평생교육원에서 9월에 개설한 시 창작반에서 만났다. 미란과 계영은 서른일곱살 동갑이었고, 스물아홉 난 송이는 두 여자를 언니라 부르며 따랐다. 스무명 남짓한 수강생 중에서 셋이 금방 얼리게 되었는데, 마치 연인들이 그렇듯 그녀들은 술자리에서 고백타임 비슷한 시간을 갖고 서로 어떻게 끌렸는지 얘기했다. 송이는 언니들이 허세 부리지 않고 담백해서 좋다고 고백했다.

　"밥맛은 아니란 거지?"

　정작 미란과 계영은 어린 송이를 두고 그녀가 자기들과는 다른 부류라고 여기고 있었다. 송이는 쿨했다. 부모 형제는 물론 가족 따위는 아예 없는 아이처럼 홀가분해 보였고, 남자들에 대해서도 겁이 없었다.

　"꼭 철없단 소리처럼 들리네."

계영의 표현대로라면 왠지 셋 중에서 시인에 가장 가까운 타입처럼 보였다.

"사실 너 같은 애가 제일 밥맛인데……"

그녀들은 이질감을 눈치채기도 전에 가까워져서 송이를 귀여운 동생 대하듯 했다.

"너희가 왜 좋으냐고 내게 묻는다면……"

계영이 맥주잔을 두 손으로 감싸고서 말했다.

"너희는 내 인생 최고의 술친구들이야."

세 여자는 웃었다. 그녀들은 수업이 있는 매주 목요일 오후에 술을 마셨다. 수업이 보통 오후 네시 무렵에 끝났으므로 낮술로 시작한 술자리는 밤으로 이어졌다. 주종도 막걸리로 시작해 소주로 넘어갔다. 이 만학도들에게 대학촌 술집들은 결코 편하지 않았다. 그녀들은 마음 편히 취할 수 있는 술집들을 전전하다가 이내 그럴듯한 단골집을 찾게 되었다. 대학촌 골목 끄트머리에 있는 편의점이었다.

그곳은 외국인 타운을 방불케 했다. 양꼬치집, 삼겹살집, 치킨집이 골목까지 테이블을 내놓고 장사했다. 편의점도 플라스틱 테이블을 네개나 골목으로 내놓았는데 여름내 아시아 각국에서 온 노동자들과 유학생들의 노천 식당가로 변했다.

세 여자는 편의점의 테이블이 마음에 들었다. 편의점 앞으로는 탁 트인 들판이었고, 들판 건너 멀리 공단이 보였다. 셋이 편의점 파라솔 아래서 두시간 남짓 술에 젖었을 때 들판으로 해가 졌다. 한국 땅에서 여자들이 바깥에서 낮술을 마시며 저녁놀에 젖을 수 있는 곳은 흔치 않았다. 통근버스에서 내린 외국인 노동자들이 골목으로 쏟아져 내려와 옆 테이블에 속속 들어앉아도 세 여자는 신경 쓸 필요가 없었다. 익명의 섬과 같은 편의점 파라솔 아래서 그녀들은 더없는 해방감을 맛보며 술을 마셨다. 미란이 '본부'라고 말한 뒤로 그녀들은 자연스럽게 편의점 테이블을 본부라 부르게 되었다.

세 사람은 습작을 이제 막 시작한 입장이라서 서로 편했다. 미란이 창작반에 등록하면서 자격이 있는지 주저했다고 말하자 두 사람도 공감했다. 계영은 습작이라고는 그저 학창시절에 일기장에 대중가요 가사 같은 걸 끼적거려본 게 전부라고 손사래를 쳤다. 송이가 물었다.

"근데 시하고 가사하고 뭐가 달라, 언니?"

"글쎄, 좀 다르지 않을까, 시인이 있고 가수가 있는 걸 보면?"

계영과 송이가 초짜인 건 사실이었으나 미란이 초짜라

는 데는 살짝 의심이 갔다. 두 사람이 보기에 미란은 시인들과 문단 얘기에 밝은 편이었다. 아마 여러곳의 시 창작교실을 수년째 돌고 있는지도 몰랐다. 그렇다고 미란이 뽐내듯 이야기하지는 않았다. 간밤에 시청한 드라마를 얘기하듯, 인터넷에서 읽은 가십을 전하듯 얘기했다.

"캐나다에서 영구 귀국한 홍 시인 있잖아. 어디로 이사 온 줄 알아? 바로 이 근처야. 저쪽 방죽안길 있지? 거기 주택가래."

"어머, 그래?"

그녀들은 고개를 빼서 들판 왼편의 낮은 언덕을 바라보았다. 그곳에 숲에 둘러싸인 주택가가 보였다. 그녀들은 지난주인가 지지난주에 이 유명한 원로시인의 시를 배웠다. 그녀의 시는 여성주의, 혁명성, 디아스포라의 키워드를 갖고 있으며, 한국 현대시에는 물론 국제적으로도 많은 영향을 끼쳤다고 강사는 평가했다. 그녀는 1980년대 초에 필화사건을 겪고 도쿄와 캐나다로 거처를 옮겼는데 정치적 망명이나 다를 바 없었다. 그러나 중년의 강사는 그녀의 시는 높이 평가하되 인간성은 인정하고 싶지 않은 눈치였다.

"이 양반에게 귀향이라…… 난센스예요. 자기 시에 대

한 부정이에요. 죽어서도 돌아오지 않아야지 진정한 디아
스포라지.”

아무래도 그녀가 귀국한 게 못마땅한 모양이었다.

미란이 그 내막을 술자리에서 재밌게 풀어주었다.

강사는 문인단체에서 실무자로 오래 활동한 시인이었
다. 그는 군사정권에 저항하는 일환으로 홍 시인의 이름
을 걸고 문학제를 개최했으며, 민주화가 되었을 때는 그
녀가 고국으로 돌아올 수 있도록 백방으로 힘썼다. 그러
나 정작 귀국을 거부한 이는 홍 시인 본인이었다. 이미 오
십대 중반에 접어든 그녀는 더이상 시를 쓰지 않고 있으
며 새로운 일을 찾을 계획이라고 편지에 밝혔다. 그렇지
만, 시인으로서는 계속 살 것이라는 아리송한 대답을 보
내왔다. 너무나 섭섭해서 후배 시인은 홍 시인에게 마지
막 편지를 보냈다.

‘선생님이 어서 늙었으면 좋겠어요. 그래서 고향으로
돌아오셨으면 좋겠어요.’

이십년 전 이야기였다. 그간 홍 시인은 시를 더 쓰지 않
았으나 그의 시집들은 꾸준히 번역되어 국제적 명성을 쌓
아갔다.

“올해는 홍 선생님에게 노벨문학상이 돌아갈 거래. 도

박사들도 가능성을 굉장히 높게 보나봐."

"와, 경사네. 드디어 우리도 노벨문학상 수상자를 갖게 된다는 소리잖아."

계영이 말하고 송이가 물었다.

"발표가 언제야?"

"매년 10월 두번째 주 목요일이잖아."

"얼마 안 남았네."

"그날 우리 홍 선생님 댁에 갈까?"

미란의 제안은 그럴듯했다. 이제 문학도로 뭉친 자신들을 위한 이벤트로, 역사적 현장에 함께 있어보는 것도 멋진 일 같았다. 그러나 송이가 머리를 저었다.

"그건 좀 촌스러운 짓 같아. 그렇지 않아? 무슨 팬덤도 아니고, 시 쓴다는 사람들이 대문 앞으로 쳐들어간다는 건."

"우리 아직 시인 아니다."

계영이 송이에게 핀잔을 주었다.

"홍 시인이 그러셨다며? 시는 쓰지 않겠지만 시인으로는 살겠다. 우리도 제발 시인처럼 살자고."

"얘, 송이야! 날 봐."

계영이 고개를 쳐들고 게슴츠레 눈을 떴다.

"언니들 기 좀 받아서 시인으로 살아보자, 응?"

송이는 눈빛이 흔들렸다.

"카메라에 안 나오게 해. 피켓 같은 거 사양이야. 그렇게 되면 우리 절교야."

"그럼. 그럼."

드디어 그날이 왔다. 오후 네시 무렵 그녀들은 본부로 갔다. 저녁이 될 때까지 술을 마시며 기다렸다가 시인의 집으로 이동할 생각이었다. 그녀들은 편의점 테이블이 골목에서 사라진 걸 보고 놀랐다. 대신 편의점 출입문 옆 테라스 같은 작은 공간에 8인용 나무 테이블이 하나 놓여 있었다. 편의점 주인 사내는 시청에서 단속이 들어와서 더이상 골목 영업을 할 수 없다고 했다.

아쉬운 마음이 들었다. 세 사람은 테이블로 물러났다. 8인용 테이블 한 귀를 할멈이 이미 차지하고 있었다. 비쩍 마른 노인은 편의점 매대에서 본 와인 한병을 두고 책을 읽고 있었는데 핑크빛 털모자에 인디언 망토를 두른 품이 이색적이기도 하고 언뜻 이 골목과 잘 어울리기도 했다. 노인은 셋의 등장이 거슬리는 눈치였다. 셋은 무시하고 테이블 끝에 둘러앉았다. 본의 아닌 합석이었지만 그녀들은 양해를 구하지 않았다. 계영은 불편했다. 단순히 합석을 하게 되어 그런 건 아니었다. 노인이 동족이라는 사실에 어떤 적의마저 들었다. 계영이 소리 높여 말했다.

"어차피 추워지면 옮겨야 했어. 다른 본부 구해보자. 오늘은 여기서 일차만 하자. 일차만 하고 가자."

"몇시에 발표해?"

"여덟시."

"왜 낮에 발표하지 않고 밤중에 한대?"

"둥글어서 그렇대요, 지구가. 거긴 오후 한시래."

"오후 한시? 거기도 낮술이겠네."

세 사람은 웃었다. 기분이 다시 좋아졌다. 세 사람은 편의점으로 들어가 막걸리와 안줏거리를 사왔다. 미란이 홍시인의 시집 한권씩을 선물했다. 송이와 계영은 박수를 치며 좋아했다. 최근 선집으로 발간된 시집이었는데 표지를 장식한 작가 사진이 이십년 전 마지막 시집을 낼 때와 같았다. 그녀는 조용히 귀국했고, 귀국 후 어떤 언론에도 노출되지 않아 '은둔의 시인'이라는 별칭도 얻고 있었다. 시선집 광고용 띠지에서도 '은둔의 시인'이라는 문구가 도드라져 보였다.

"오늘은 집 앞으로 나오시겠지. 이따 딱 둘러싸고 사인을 받자."

"그래 사인도 받고 사진도 찍자."

계영은 노인과 대각선으로 마주보는 자리에 앉아 있었다. 노인이 털모자 밑으로 그녀들을 훔쳐보고 재빨리 시선을 거두는 걸 보았다. 그 눈길이 무슨 작은 짐승의 눈빛처럼 음흉해서 괜히 얄미운 생각이 들었다.

여섯시가 조금 못 되어 미란이 유치원에서 아이를 찾는다며 자리에서 일어섰다. 계영이 걱정스런 투로 말했다.

"차 몰지 마. 택시 타고 가."

"걱정 마. 천천히들 마시고 있어."

미란이 떠나고 나서 계영과 송이는 주종을 소주로 바꿔 마셨다.

해가 눈높이에서 지면서 눈이 부셨다. 몇번이나 건배를 나누었는지 몰랐다. 그녀들은 홍 시인의 시선집을 펼쳐놓고 좋은 구절을 찾아 서로 읽어주었다. 그녀들은 시를 금방 이해했고, 홍 시인이 얼마나 대단한 시인인지 매료되었다. 서로 내기하듯 시에 대한 감격을 쉼 없이 떠들었고 그건 아주 색다른 경험이었다.

"나 지금 어떤 뚜껑이 열린 것 같아."

"이분이 얼마나 괴팍하든 멋진 노인이 되었을 거야."

그녀들은 저녁놀이 지는 걸 지켜보았다. 노을은 오래 갔다. 휴대폰을 들여다보고는 송이가 말했다.

"참 괴롭겠다."

"누구?"

송이는 시집을 힐끗했다.

"사람들이 몰려와서 집 앞에 진을 치고 있잖아. 시 쓰는 게 무슨 스포츠 경기도 아니고 되게 부담스러울 것 같아. 우리가 좀 잔인한 것 같지 않아? 언제 그녀의 골방에 대고 응원을 해줬다고."

별안간 송이가 눈구석을 훔쳤다.

"그러지 마, 송이야. 아주 신나는 날이 될 수도 있어."

그때 할멈이 테이블 건너편에서 혼잣말처럼 말했다.

"세상이 미쳤지. 미친 세상이야."

꽉 잠긴 목소리였다. 계영은 할멈을 쏘아보았다. 드디어 그녀는 깨달았다. 이유를 알 수 없는 적의가 어디에서 비롯한 것인지. 저런 한국말이 싫었던 것이다. 저렇게 티를 내야 하나? 왜 자기 목소리를 섞으려고 하지? 그러나 어쩌면 이 골목의 공기가 그런지도 몰랐다. 여기에는 자기 문화에서 조금씩 발을 뺀 자유로운 구석도 있었다. 계영은 그저 틈입하듯 날아온 한국어가 싫었을 뿐이다.

이내 외국인 사내 셋이 컵라면을 하나씩 들고 테이블로 왔다. 인도인처럼 보이는 사내들은 낯익은 듯도 하고 낯선 듯도 했다. 어쨌든 그들도 골목에 놓인 테이블을 잃은 단골일 거였다.

"실례합니다."

그들은 어눌하게 한국말로 말하고 할멈과 계영이네 사이의 의자에 쭈뼛쭈뼛 앉았다. 송이와 계영은 의자를 조금씩 당겨 앉았다.

미란이 오지 않았다. 계영이 몇시쯤 되었느냐고 송이에게 자꾸 물어 왔다. 날이 저물며 들판에서 불어오는 공기가 쌀쌀해졌다. 할멈도 자리를 뜨지 않고 있었고, 외국인 사내들도 라면을 다 먹고 나서 무슨 서류를 꺼내놓고 마치 중요한 회의를 하듯 진지했다. 어느 순간 사내 하나가 서류를 들어 읽어 내려갔다. 계영과 송이는 고개를 들었다. 그리고 그녀들은 지금 사내가 낯선 언어로 읽어 내려가는 게 시라는 걸 알 수 있었다. 뜻은 알 수 없었으나 그건 분명 취기로 열린 가슴으로 흘러드는 시였다. 그래서 계영과 송이는 숨소리조차 낼 수 없었다. 노인도 모자 밑으로 사내를 응시하고 있었다. 생각보다 선량해 보이는 눈매였다. 낭송이 끝나자 계영과 송이가 박수를 쳤다. 시를 낭송한 사내가 깊고 검은 눈을 들어 인사했다.

"시인이세요?"

계영이 물었다. 동료 사내가 대신 말했다.

"우리 친구, 고향에서 유명한 시인이에요."

계영과 송이는 다시 박수를 쳤다. 할멈이 잠긴 목소리로 물었다.

"어디에서 왔수? 방글라데시인들인가?"

시인 사내가 대답했다.

"미얀마입니다. 로힝야족이에요."

"미얀마?"

의외라는 듯 할멈이 다시 물었다.

"우리는 소수민족 난민입니다. 우리는 미얀마 정부와 싸우고 있어요. 미얀마군이 인종청소를 했어요. 노벨평화상을 받은 수치 여사도 침묵하고 있어요. 우리는 로힝야족의 진실을 위해 난민 신문을 만들고 있어요. 국제사회에 알리고 있어요. 방금 우리의 친구는 학살로 죽은 이웃들에 대해 노래했어요."

송이가 힘을 차려 말했다.

"오늘 밤 우리나라 시인이 노벨문학상을 받을지도 몰라요. 우리는 그 소식을 기다리고 있어요. 그게 뭐가 중요하다고."

로힝야족 시인이 물었다.

"그런 위대한 시인이 있어요? 노벨문학상을 받는 시인이 있다고요?"

송이는 시선집을 사내 앞으로 밀어주었다. 사내가 책을 뒤적거리더니 말했다.

"혹시 이분을 잘 아세요?"

계영이 고개를 끄덕였다.

"그럼요. 오늘 밤 뵈러 가는데요."

사내가 반색을 하며 당겨 앉았다.

"이분이 우리를 지지하는 글을 써줄 수 있을까요? 그럼 우리에게 큰 힘이 될 거예요. 우리 신문에 수록할 거예요."

계영은 당황했다. 송이가 말했다.

"그건 장담할 수 없어요. 그분은 노벨문학상 수상자가 되어도 거절할 수 있는 분이에요."

송이가 덧붙였다.

"아마도 힘들 것 같아요."

사내들의 얼굴이 어두워졌다.

"그게 뭔 대단한 일이라고."

노인이 말하고 기침을 해서 목소리를 가다듬었다. 그녀는 한결 맑고 높은 목소리로 사내들에게 말했다.

"왜 못해주겠어, 시인이라면서."

송이가 말했다.

"언니, 밥 딜런이 받았대."

송이는 다른 사람들에게도 되풀이했다.

"밥 딜런이요. 지금 막 발표가 났어요."

"밥 딜런? 가수 말이에요?"

로힝야족 시인이 되물었다.

테이블을 둘러앉은 모든 사람들이 잠시 조용했다. 그건 어떤 기대가 무너져서가 아니라 낯설어서 그랬다. 노인이 먼저 자리에서 일어났다. 노인은 의자 뒤에서 지팡이를 잡아 들었다. 왠지 홀가분해진 얼굴로 노인은 로힝야족 시인을 넌지시 바라보고 고개를 끄덕였다.

"꼭 그 시인을 찾아가보구랴."

할멈은 골목 어둠 속으로 비척비척 사라졌다. 계영과 송이는 난민 사내들에게 말했다.

"우리 함께 한잔하실래요?"

상봉

1

눈발은 더 거세졌다. 호텔 로비에 집결한 가족상봉단,
자원봉사자들, 취재진은 걱정스럽게 창밖을 내다보았다.
불과 삼십분 전부터 기습적으로 내리기 시작한 눈에 앞마
당에 대기한 버스들마저 자우룩하게 지워져갔다. 주차장
일대에서 눈을 치우던 인부들도 철수하고 보이지 않았다.
출발이 지연될 수 있다는 얘기는 도는데 아직 적십자사의
공식 발표는 없었다. 노란 조끼를 입은 한적 자원봉사자
들이 의자를 내와 연로한 상봉자들 앞에 놓았고, 거기에
장시곤도 앉았다.

허어, 하고 앞자리에서 누군가 장탄식을 했다. 휠체어에
앉은 노인 같기도 하고, 창가에 다녀온 작달막한 털모자

노인 같기도 했다. 장시곤에게는 사백명이나 운집한 소란 속에서 그 소리가 유난히 크게 들렸다. 마치 자기가 뱉은 소리 같았다. 늦더라도 출발한다면 모를까 아예 무산되는 건 아닌지 걱정이었다. 지난 추석 계기상봉이 연기되었다가 설을 앞두고 가까스로 재개되어 속초까지 온 이들이 많았다. 장시곤도 그런 마음고생을 겪은 상봉자였다.

그저께 뉴스에는 두 딸을 만나기로 한 구순 할머니가 세상을 등진 사연이 보도되었다. 겨우 넉달 새라지만 세월과 싸우는 고령자들이었다. 북측도 마찬가지여서 추석 때 명단에 있던 이름이 이번에는 빠진 경우도 있다고 했다. 건강 사정으로 방북을 포기한 이산가족들도 제법 되고, 당장 어젯밤만 해도 귀가한 노인이 있었다. 장시곤은 자신이 여기까지 온 것만도 행운이라는 생각이 들었다.

누군가 어깨에 가만히 손을 놓았다. 뒤에 서 있던 딸이었다.

"걱정 마요. 눈이 그치기만 하면 출발할 거예요. 요즘 세상에 눈 온다고 가지 못하는 길이 어딨겠어요."

장시곤은 딸의 손을 토닥여주었다. 역시나 뒤에서 아들이 잠긴 목소리로 말했다.

"그래도 다섯시간 길이야, 누나."

며느리도 거들었다.

"우리야 그렇다 쳐도 북측 사정은 또 다를지 몰라요. 우리 사정이라면 벌써 설명이 있었겠죠."

"그렇겠지? 북한 쪽 문제일 거야. 거기도 백오십명이나 금강산으로 넘어온다는데 쉬울라고. 교통 사정이야 빤할 테고, 눈이 여기보다 오면 더 오지 덜하진 않을 거고."

며느리와 아들 내외가 말을 주고받았다.

"그래도 그쪽은 사람들 동원해서 후딱 치울걸."

딸이 말했다. 장시곤은 딸이 그런 식으로 말하는 게 거슬렸다. 착하고 영특했던 애가 그렇고 그런 사위를 만나 살더니 물정 모르는 사람이 된 것만 같았다.

"눈이 그쳐야 말이죠. 근데 당신?"

며느리가 아들을 쪼듯이 불렀다. 그 소리에 장시곤도 처음으로 뒤를 돌아보았다. 셋이나 되는 장년의 자식들이 자신을 호위하듯 하고 서 있었다.

"당신 자꾸 북한, 북한 한다? 어제 교육받아놓고선."

"내가 그랬어?"

"연습 좀 해둬. 실수하지 말고."

그건 시아버지나 시누이도 새겨들으라는 소리처럼 들렸다.

자식들 얘기를 들을수록 장시곤은 마음을 졸였다. 날씨를 두고 정치놀음 운운하며 누구를 탓할 수 없다. 오래전부터 생각한 거지만 이 일은 변수가 많아 사람이 하는 일 같지 않다. 그가 상봉자 명단에 들었을 때 친구 하나가 로또에 당첨됐다고 표현했는데 정말 복권을 쥔 기분이었다. 그래서 그는 숨 한번 시원히 내쉬지 못하고 있었다.

로비 한쪽이 술렁거렸다. 적십자사가 설치한 안내데스크 쪽으로 사람들이 몰렸다. 거기는 어제 출경 등록을 받던 곳이었다. 장시곤 가족이 있던 자리가 갑자기 후미가 되면서 그들은 고개를 빼고 그쪽을 바라보았다. 장시곤도 의자에서 일어났다. 적십자사에서 나온 책임자가, 이틀을 겪으며 낯을 익힌 여자가 장내가 조용해지길 기다리고 있었다.

"드디어 결정 났나봐."

아들이 말하고는 성큼 나서서 사람들 틈으로 들어갔다. 옆자리 노인은 현장에서 지원하는 보청기를 귀에 꽂았다.

책임자가 목소리를 높이더니 역시나 출발 시간을 연기하겠다고 발표했다. 상황이 좋아지면 열시 반에 출발하겠다고 덧붙였다. 두시간이 떠버리는 셈이었다.

"연로하신 분들이 많으니까 가급적 객실에서 대기해주

세요. 지원팀이 호별 방문을 해서 다음 일정을 안내드릴 거예요. 버스에 이미 실은 화물은 그대로 두기로 했어요. 개인들이 소지한 짐들은 여기 맡겨놓으셔도 되고요. 걱정 많으신 줄 알아요. 다시 말씀드리지만 이번 상봉 행사는 난관이 많았고, 그걸 다 헤치고 여기까지 왔습니다. 무슨 일이 있어도 가야죠. 꼭 모시고 가겠습니다."

사람들이 박수를 쳤다. 끝말은 현장 분위기에 휩쓸려 즉흥적으로 나온 발언이겠지만 여자가 꼭 데려다줄 것만 같아서 장시곤도 박수를 쳤다. 저까짓 눈, 하는 생각이 들었다.

"금강산 일원에도 눈이 많이 내리고 있다는데 혹시 북측도 상봉자 이송이 지연되고 있나요?"

취재진 쪽에서 질문이 나왔다. 책임자가 대답했다.

"출발 지연은 우리 쪽 사정만으로 결정된 겁니다. 여러분들이 보시고 있지만 대설주의보로 동해선 육로 사정이 여의치 않습니다. 다행히 북측 가족들은 어제 이동해서 기다리고 있다고 해요. 이제 우리만 가면 됩니다."

브리핑이 끝났다. 상봉단이 객실로 돌아가느라 장내가 소란스러워졌다. 가족마다 자원봉사자가 한명씩 붙어서 북새통에도 질서가 잡혔다. 휠체어를 탄 노인을 둔 가족들이 먼저 승강기 쪽으로 이동했다. 장시곤 가족을 맡은 자원봉사자 김은숙은 조장까지 맡고 있어서 로비에 내놓은 의자 정리를 통솔하고 있었다. 김은숙은 장시곤이 거동에 불편이 없고 자녀들이 알아서 잘해서 걱정을 놓는 눈치였다.

아들이 돌아와 말했다.

"우리도 방으로 올라가죠, 뭐."

장시곤은 짐을 싸서 나온 방으로 다시 드는 게 내키지 않았다. 객실에서 방북이 취소됐다는 궂은 소식을 듣고 싶지도 않았다. 그리고 이율배반적으로 그는 눈 내리는 바깥 풍경으로 자꾸 눈이 갔다. 북으로 가는 길이 아니라면 저런 눈은 장관이었다. 설악은 부러 관광도 오는 곳 아닌가. 그러나 그는 자식들을 생각해서, 시종 저들의 보호를 받고 있는 입장이기에 순순히 호텔방으로 발길을 돌렸다.

2

객실에 들어서자 며느리가 외투를 받을 양으로 손을 내밀었다.

"금방 나설 텐데 성가시게 벗고 그러냐."

장시곤은 목도리만 풀어내며 말했다.

"두시간이나 남았는걸요."

"두시간이 뭐야. 그건 또 가봐야 알겠구만. 아부지, 기왕 이렇게 된 거 좀 쉬세요. 이제 정신없이 사흘을 보내실 텐데요."

딸까지 거들어서 그는 별수 없이 목걸이 명찰을 벗고 외투 단추를 풀었다. 그는 며느리에게 외투와 목도리를 건네고 명찰은 다시 목에 걸었다. 조끼 차림으로 그는 소파로 물러나 앉았다.

"너희들도 쉬어라, 피곤들 할 텐데."

인천에서 새벽길을 나섰고, 속초로 와서 등록을 하고 방북교육을 받고, 밤으로 이어진 건강검진까지, 그는 어제 하루 동안 시달린 일들을 생각했다. 그리고 새벽같이 일어나 지금 이러고 있는 것이다. 예정대로라면 오후 세시에 첫 상봉이 잡혀 있다는데 그건 물 건너갔지 싶었다.

며느리와 딸이 작은방으로 들고, 아들은 텔레비전 리모컨을 찾아 뉴스 채널을 켰다. 이산가족 상봉 뉴스가 특보로 전해지고 있었다. 시동을 걸고 눈 속에 묻힌 십여대의 관광버스와 밖을 내다보는 노인들의 착잡한 얼굴이 차례로 잡히고, 출발이 지연되고 있다는 뉴스가 반복되었다. 기상캐스터도 연결되었는데 동해 일원에 내린 대설주의보가 정오를 전후로 해제될 거라고 했다.

"금강산 쪽 뉴스는 한마디도 없네."

아들이 말하고 화장실로 들어갔다. 장시곤은 거실 베란다를 내다보았다. 7층에서는 뿌연 잿빛 하늘만 보였다. 뉴스 화면으로 보이는 눈발이 더 선명해서 창밖이 더 비현실적으로 보였고 그는 이내 창에서 물러났다.

화장실에서 아들이 며느리를 찾았다. 장시곤은 아범이 찾는다고, 방에 대고 전했다. 며느리가 나타나 화장실 문을 비긋이 열고 말했다.

"아침에 안 씻었어?"

"바빴잖아. 짐 내놓고 어쩌고 하느라고 머리 감을 짬이 없었어."

"지금 어디서 샴푸를 찾으라는 거야. 그거 그냥 쓰면 안 돼?"

탈모가 심한 아들은 따로 쓰는 샴푸가 있었다. 이번 여행길에 알았다. 환갑이 내일모레인 사람이 머리 지키겠다고 하는 짓이 낯설었다. 며느리는 다시 방으로 돌아갔다. 텔레비전 소리만 남고 객실이 조용해졌다. 왠지 그는 긴장에서 놓여나는 느낌이 들었다. 이건 여행이야, 하고 그는 생각했다. 자식들과 제주도로 태국으로 갔던 그런 여행하고 다를 바 없는 여행.

장시곤은 소파에서 일어났다. 그는 창가로 가서 밖을 내려다보고 옷걸이로 걸어갔다. 외투를 걸치고 목도리를 둘렀다.

가족상봉단이 빠졌는데도 1층 로비는 행사 지원인력과 취재진으로 여전히 붐볐다. 이번 상봉에는 백에서 셋이 빠진 아흔일곱 가족이 방북 길에 오른다. 가족당 다섯까지 동반가족으로 방북할 수 있는데 장시곤 가족은 넷만 왔다. 미국에 사는 여동생 현숙이 끝내 합류하지 못했다. 장시곤은 조카가 섭섭했다. 제 어머니에게 영주권이 없어서 이번에 들어가면 다시 미국으로 못 나온다는데 다 늙은 사람, 한국에서 여생을 보내게 하면 좀 어떤가. 손주들 돌보는 식모와 다름없이 지내고 있을 것이다. 현숙을 만나지 못한 세월도 15년이 넘었으니 이산가족이 달리 있나 싶었다.

장시곤은 로비의 라운지카페로 갔다. 그는 아침 식사 때 딸이 가져다주는 커피를 입만 대고 말았다. 자식들은 그가 커피를 즐기는 건 알지만 이른 아침은 피하고 오전

느지막이 마시는 습관을 몰랐다. 개인택시를 그만두고 나서도 십년째 그렇게 마셔왔다. 혈압 환자에게는 좋지 않다고 하나 그는 커피를 마셔야 점심에서 오후로 넘어갈 기력이 생겼다. 커피 마시기에 평소보다 시간이 일렀지만 오늘은 시간을 놓칠까 조바심이 났고, 눈 곁에 앉아 있고 싶었다.

매장 아가씨가 계산을 끝내고 "눈발이 약해졌어요. 곧 가시겠는걸요" 하고 인사를 건넸다. 장시곤은 창 쪽을 바라보았고 긴가민가해서 창가로 걸어갔다. 확실히 하늘이 벗겨져 있었다. 입때껏 보이지 않던 리조트의 물놀이 시설과 그 너머 산줄기가 일어나 있었다. 버스기사들이 앞유리에서 눈을 털어내고 있었으며 여기저기서 제설차를 동원하여 제설작업이 한창이었다. 창 너머 활기가 몸으로도 전해졌다.

그는 커피를 받으려고 창가에서 몸을 돌렸다. 그러다가 창밖으로 지나가는 사람을 발견하고 어떤 기시감으로 다시 돌아섰다. 아주 재빠르게 사람이 지나간 듯싶었는데 등 굽은 노파 하나가 지팡이에 의지해 지칫지칫 걷고 있었다. 노인은 성장을 하고 옷가방을 들고 있었다. 장시곤은 정신이 온전치 못한, 보호자와 떨어진 노인인 걸 직감

했다. 치매의 공포에 시달리다보면 눈에 들어오는 게 있었다. 그는 호텔문을 나서서 노인의 뒤를 쫓았다.

노인은 다른 건물동으로 이어지는 차도 위를 걷고 있었다. 그는 염화칼슘을 뿌려 질척거리는 길을 걸어 노인의 팔을 잡아 세웠다. 참으로 몸피가 강파른 노인이 걸음을 세우고 낯을 세워 올려다보았다. 분도 바르고 입술도 붉었는데 아흔살은 훌쩍 넘어 보였다.

"낙상이라도 하시면 어쩌려고 나오셨소?"

노인이 이내 환하게 웃었다.

"영수야!"

영수야, 하고 노인이 연거푸 그를 불렀다.

장시곤은 난감했고 별수 없이 예, 하고 대답해놓고 보았다. 노인은 가슴에 '17번' 명찰을 달고 있었다. 상태가 이런 노인을 어쩌자고 상봉길에 모셔왔는지 따지기 전에, 당장 노인을 보호하는 사람들에게 화가 났다. 치매 노인이 순식간에 사라져 낭패를 본다는 걸 모르지 않지만 이런 날씨에 노인을 함부로 방치하다니 한심했다.

"어디 가시게요?"

"영수야!"

"예. 이제 집에 갑시다."

장시곤은 노인의 어깨를 감싸 천천히 몸을 돌렸다. 그리고 그는 주차장 쪽에서 종종걸음으로 다가오는 젊은 사내와 초로의 여자를 발견했다. 그들이 이쪽으로 다가오고 있었으므로 장시곤은 노인의 팔을 잡고 서서 그들을 기다렸다.

여자는 장시곤에게 묵례를 하고 노인의 등에 담요를 둘러주었다.

"그래, 엄마는 오빠를 만나셨수?"

그녀는 태연하게 노인에게 물었다. 노인이 장시곤을 바라보았다. 장시곤은 노인의 팔에서 손을 거두어들였다.

장시곤은 그 딸이라는 여자에게 한마디 해주려다가 이내 이제 됐다고, 좋은 날 궂은 말 말자고 몸을 돌렸다. 커피가 나와 있을 거였다. 동행한 젊은이가 그에게 호들갑스럽게 말을 걸어왔다.

"놀라셨죠? 할머니를 촬영하고 있어요."

장시곤은 그제야 젊은이가 비디오카메라를 들고 있는 걸 보았다. 아마 무슨 방송국에서 노인을 찍고 있는데 그가 주책없이 화면으로 뛰어든 모양이었다. 그는 낭패감이 들었다. 그사이 딸이 노모를 데리고 실내로 돌아가겠다는 몸짓을 했다. 젊은이가 몸을 굽실하며 그러시라고, 추운데 어서 모시라고 해놓고는 목소리를 높여 덧붙였다.

"곧 방으로 찾아뵐게요. 앨범을 다 못 찍었거든요."

장시곤은 자신을 돌아보며 딸에게 딸려가는 노인을 지켜보았다. 모녀가 멀어졌을 때 젊은이가 말했다.

"정신이 왔다 갔다 하셔요. 열넷에 헤어진 아드님이 일흔아홉이 되셨다네요. 박금분 할머니 같은 모자 상봉 케이스는 몇 가족 안 돼요. 오늘은 아침부터 옛집 혜산에 가신다고 차려입고 나서시는 걸 막을 수 없어 따라와봤어요."

젊은이가 웃었다.

"웃는가? 지금 웃음이 나와? 저런 노인네 두고 영화를 찍자고? 눈길에 무슨 일이라도 나면 어쩌려고, 원. 욕심이 과하네들."

장시곤은 발끈했다. 그는 눈이 침침해지며 다리가 후들거렸다. 장시곤은 젊은이의 팔을 살짝 잡았다. 젊은이가 장시곤의 팔뚝을 붙들었다.

"괜찮으세요? 많이 놀라셨으면 죄송합니다. 거기까지는 미처 생각하지 못했어요. 자녀들 입장에서는 어쨌든 정신을 좀 돌리셨으면 해서 뭐든 해보자고 애를 태우고 있거든요."

장시곤은 차차 진정이 되어 젊은이의 팔을 토닥이고

손을 거두었다.

"정말 죄송합니다."

젊은이가 다시 사과를 했고 장시곤이 길게 숨을 내쉬고 말했다.

"노인네 보자니 속상해서 그랬네. 이게 뭔 짓인가 말야."

"어르신도 금강산 가세요?"

장시곤은 자기 가슴을 어루만졌고, 이내 외투 속으로 들어간 명찰을 옷 밖으로 꺼내 보여주었다.

"77번이시구나. 좋은 일 많으시겠는데요. 누굴 만나세요?"

"아우를 찾았어. 얼굴도 못 보고 헤어진 막냇동생이지."

그러곤 장시곤은 노인이 돌아간 길로 눈길을 돌렸다. 모녀는 호텔 정문으로 들어가고 보이지 않았다.

"어떤 사연이길래 동생분 얼굴을 못 보셨어요?"

"난 고향이 해주고, 외가가 사리원이야. 어머님이 해산하려고 외가에 가 계시다가 난리를 만난 거라. 피란을 같이 못 왔어. 어머니 찾다가 동생을 이번에 찾았지. 지금 날 찍는 건가?"

장시곤은 젊은이가 카메라를 들이밀고 있어서 멈칫했다. 젊은이가 카메라를 눈에서 거두었다.

"워낙 버릇이 돼놔서요. 그런데 행사 동안 어르신도 담고 싶은데 어떠세요? 사연 있는 분들을 찾고 있거든요. 작업해봐야 알겠지만 납북자 가족상봉도 있고, 먼 친척들 상봉도 있으니까 케이스 별로 몇분 더 섭외하려고요. 불편 드리지 않을게요. 왔다 갔다 하면서 찍을 거예요."

"우리 애들이 어떨지 모르겠구만."

"동반가족이 어떻게 되세요?"

"딸이랑 아들 내외가 왔지."

"따님 내외, 아드님 내외가 함께 오셨고요."

"사위는 못 왔고."

"여기 카메라를 보시고, 사시는 곳 주소랑 전화번호를 또박또박 말씀해주세요."

장시곤은 꼿꼿이 서서 처음으로 카메라를 의식하며 집 주소와 전화번호를 얘기했다. 젊은이는 사진과 이름이 인쇄된 명찰에 카메라를 밀착시켰다. 그러면서 질문을 멈추지 않았다.

"동생분 성함이 어떻게 되죠? 만나실 분이요."

"시춘. 장시춘."

"동생분 만나러 가는 소감 한 말씀 해주세요. 여기를 보시고요."

"갑자기 말을 시키니 뭔 말을 해야 할지……"

"편하게 말씀해주시면 돼요. 집 나설 때 마음 생각하시면서."

"글쎄, 사연으로 치자면 여기 온 이산가족들이 하나같이 기구하겠지만……"

그는 노파가 사라진 호텔 쪽을 바라보고는 다시 카메라로 눈을 돌렸다.

"저 할머니 아들이 꼭 내 나이네. 세상에 없는 줄 알았던 동생이 살아 있다는 소식 들은 것만도 꿈같은데 이제 만나러 가니 감회가 이루 말할 수 없지. 사고무친으로 고생은 얼마나 하고 살았을지, 형편은 어떤지, 아픈 데는 없는지, 조카들도 온다는데 걔들을 어떻게 맞을지…… 아무튼 내 마음이 그렇지. 아버님 대신해서 간다, 그런 마음이에요. 일단 가봐야지."

"동생분이 태어난 줄도 모르고 월남하셨는데 알아보시겠어요?"

"……"

"대답이 곤란하면 안 하셔도 돼요."

"동생인데 몰라볼까. 형이라는 사람이 돼가지고 제 아우를 못 알아볼라고. 그건 내 걱정도 안 해봤어요."

"감사합니다."

카메라를 거두며 젊은이는 명함을 내밀었다.

"앞으로 잘 부탁드릴게요. 동생분과 뜻깊은 만남 가지시길 바라고요."

장시곤과 젊은이는 호텔 로비로 돌아왔다. 장시곤은 주문해놓은 커피도 잊은 채 승강기에 올랐다. 그는 몸을 당기는 듯한 피로감을 느꼈는데 왠지 안간힘을 쓰며 방으로 돌아가는 것 같았다. 얼떨결에 카메라 앞에서 자식들에게도 못한 속 얘기를 털어놓고 나니 그는 지금껏 제 의지와 상관없이 실려 온 듯한 기분에서 깨어나 동생을 만나러 간다는 실감이 들었다. 제 기분을 정확히 모르다가 깨달은 것 같았으며 치매 노인과 같은 기구한 운명의 주인공이 된 듯했다. 이 호텔에 투숙한 이래 1박 2일 동안 이상한 흥분과 열기에서 벗어나 있다가 마침내 합류한 느낌이었다.

방으로 들자 세 자식들이 다 거실에 나와 있었다.

"어딜 가신 거예요?"

아들은 나가보려던 참이었는지 외투를 걸치다가 걱정스럽게 맞았다.

"안색 좀 봐. 아버님, 무슨 일 있으셨어요?"

며느리가 낯을 살피며 말했다.

"바람 좀 쐬고 왔다."

그는 소파로 걸어가 앉았다. 딸이 허리를 굽혀 이마를 짚었다.

"열은 없으신데."

그는 손을 내저었다.

"아니다, 아니야. 커피 좀 하려고 내려갔다가 왔더니 몸이 처지는구나."

그러면서 그는 카페에서 커피를 찾지 못한 걸 깨달았다. 그는 단념했다.

"너무 긴장되시나보네."

딸이 제 손가방에서 청심환을 꺼내고, 며느리가 컵을 가져다가 생수를 따라주었다. 그는 귀찮은 가운데 쓴 약을 입에 넣고 물로 넘겼다. 그는 지금껏 손에 쥐고 있던 명함이 눈에 띄어 아들에게 내밀었다.

"방송국 사람을 만났는데 우리를 촬영하겠다는구나."

아들이 명함을 받아 물끄러미 들여다보았다.

"다큐멘터리 제작업체네요."

아들이 며느리에게 명함을 건넸다. 며느리가 조금 놀라는 눈빛으로 중얼거렸다.

"어머, 좀 귀찮게 생겼네."

장시곤은 소파에 깊이 등을 대고 지그시 눈을 감았다.

"여러 사람을 찍는다더라. 거 왜 텔레비전에서 이런 거하고 나면 한번씩 내보내는 방송 있잖더냐. 우리야 얼마나 나오겠느냐. 신경 쓰지 말고 하던 대로 하자."

3

아버지가 그렇게 말씀하셨어요? 서로 알아보실 거예요. 그렇고말고요. 형제간인데 그냥 알아보실 거예요. 아내한테도 아까 말했거든요. 작은아버지를 딱 알아볼 것 같다고. 피는 물보다 진하다잖아요. 당기는 게 있을 거예요. 할아버지 사진이랑 갖고 있는 건 다 가져왔어요. 작은아버지는 할아버지도 못 보셨잖아요. 유일한 조카인데 감격스럽죠. 아버지가 평생 가슴에 품고 산 회한을 푸시는 거니까. 자식 입장에서는 이보다 큰 선물이 없죠.

딸 같은 며느리라고요? 우리 형님이 그렇게 말해요? 선물이요? 근데 저도 인터뷰해요? 선물은 남들이 하는 만큼 준비한다고 했는데 모르겠어요. 그게 그렇더라고요. 준비하려고 하니까 이것도 해야 할 것 같고 저것도 해야 할 것 같고 한정이 없더라고요. 근데 가져올 수 있는 건 삼십 킬로로 정해져 있으니까 결국 꼭 챙길 걸 따지게 되고, 그러다보니 뭐 특별한 거 없이 남들 하는 거랑 비슷해졌어요. 겨울 잠바, 구두, 양복도 한벌 준비했어요. 내복에 시계, 치약, 화장품, 비타민…… 또 뭐가 있더라? 초코파이요? 그것도 당연히 넣었죠. 라면도 맛 좀 보시라고 넣고. 암튼 북측 가족들이 힘들게 사실 텐데 조금이나마 도움이 될 만한 것들, 다시 만나기 쉽지 않을 것 같아서 기념될 만한 것들도 준비했어요. 초등학교 다니는 손녀가 있는데 통일 가족이라고 그림도 그려서 그것도 가져왔어요. 다음에 행사장에서 그 그림 보여줄게요. 얼마나 기특한지 몰라요. 우리네 비극이랑 염원이 다 들어 있잖아요.

진호와 숙경 부부는 외금강호텔 로비에서 다큐 감독과 인터뷰했다. 짐을 찾으러 방에서 내려온 길이었다. 속초를 떠나 여섯시간 만인 오후 네시를 넘겨 금강산에 도착했다. 눈길에서 지체되었고 통관에도 상당한 시간이 걸렸다. 그래서 세시로 예정된 단체상봉이 다섯시로 순연되고, 중간 휴식 없이 곧장 만찬으로 이어진다고 했다.

다큐 감독에게 붙들려 있다가 물러났을 때 적십자사의 김은숙이 두개나 되는 트렁크를 맡아놓고 기다리고 있었다. 출입국관리사무소의 통관을 거치고 온 화물들이었다. 가방이 하나 보이지 않아서 숙경은 김은숙에게 물었다.

"선물 가방 있잖아요. 적십자사에서 준 가방에 담은 게 안 보여요."

"아, 그건 내일 아침에 호텔 직원들이 방으로 배달할 거예요. 개별상봉 때 드리면 돼요."

가방들이 비슷비슷해서 진호가 화물 태그를 다시 확인했다. 확인이 끝나자 김은숙이 말했다.

"단체상봉 행사에 맞추려면 서두르셔야겠어요. 아버님은 컨디션이 좀 어떠세요?"

"버스에서 잠시 눈을 붙이시더니 한결 나아졌어요."

"다행이네요. 동생 가족분들도 사전통보 된 대로 다 참가하신 것 같아요."

"네분이 다 오셨어요?"

"네, 동생 내외분, 아드님, 따님 다 명단에 있어요."

그러면서 김은숙은 북측 가족의 명단을 적은 쪽지를 진호에게 건넸다. 진호와 숙경은 쪽지를 들여다보았다.

장시춘(75세), 리호선(72세), 장양일(46세), 장양선(44세)

숙경이 물러나며 말했다.

"사촌들이 생각보다 젊네."

진호는 외투 주머니에 쪽지를 넣었다. 그들은 트렁크를 끌고 승강기 앞으로 갔다. 김은숙과는 승강기 앞에서 헤어졌다.

"그럼 준비해서 네시 반까지 내려오세요."

승강기에 세 팀이 오르자 꽉 찼다. 숙경이 6층 버튼을 누르고 물러났다. 5층과 7층이 추가로 눌러져서 버튼 세 개에 나란히 불이 들어왔다. 승강기가 2층을 지날 때 진호는 옆에 선 숙경이 뭔가에 흠칫 놀라는 기색을 느꼈다. 복통이라도 온 사람처럼 숙경은 고개를 숙이고 얼굴을 찡그리고 있었다. 진호가 왜? 하고 입모양으로 물었다. 숙경이 고개를 저었다. 승강기가 5층에 멈췄다. 5층 투숙객들이 내리고 나자 공간에 여유가 생겼고 숙경이 벽 쪽으로 바짝 당겨 섰다.

6층에서 내렸을 때 숙경은 가슴에 손을 얹은 채 여전히 언짢은 표정이었다.

"왜, 속이 불편해?"

숙경은 진호를 승강기에서 멀리 끌어 세웠다.

"7층 가는 부부 기억나? 그 여자."

"그 여자?"

중년 부부가 탔던 것 같은데 진호는 영문을 몰라 숙경을 빤히 쳐다보았다.

"아주버님 친 김포 사람들 맞지? 왜 합의서 받으러 와서 파리바게뜨에서 울던 그 여자잖아."

진호는 긴가민가했다. 2년 전 이야기였다. 음주운전 차에 치여 매형이 크게 다쳤을 때 누나는 중환자실에 남편을 두고 경황이 없어 진호 부부가 가해자 쪽을 만났다. 가해자의 아내가 합의서를 들고 찾아와 병원 앞에서 만난 게 기억났다. 가해자는 고등학교 현직 교사였다. 새벽에 장례식장에 다녀오다가 횡단보도를 건너는 매형을 친 것이다.

가해자의 아내는 남편이 십년 넘게 임용에서 미끄러졌다가 가까스로 임용되어 첫 학기를 보내고 있다, 어린 아이들이 있다, 살려달라고 애원했다. 매형도 무릎과 발목에 철심을 박고 장 파열로 수술을 받을 정도로 부상이 컸지만 생명에는 지장이 없고 가해자 쪽 보험에도 이상이 없었다. 매형도 잘못이 전혀 없다고는 할 수 없었다. 사고 때 매형은 인사불성으로 취한 상태였는데 택시가 집에서 세 블록이나 떨어진 곳에 던져놓다시피 하는 바람에 헤매고 다니다가 사고를 당한 것이었다. 누나와 상의해서 합의서를 써주었다. 그 뒤 가해자가 죄인 같은 얼굴을 하고 병원을 방문했다.

처음 6주 진단이 나온 매형은 입원 기간이 점점 늘어났다. 큰 통증에 가려져 있던 작은 통증들이 드러났다. 갈비뼈가 세대나 부러지고 어깨 인대에도 문제가 있었다. 병원생활이 길어져 종내에는 재활까지 1년을 여러 병원을 전전하며 보냈다. 초진병원에 대한 불신이 깊어져서 서울의 대학병원으로 옮겨 수술을 받았지만 오른발은 장애진단을 받았다. 보험회사에서는 나이롱환자로 의심하며 매형의 신경을 건드렸다. 결국 보상비를 두고 법원까지 가서 다투게 되었는데 초진이며 합의며 모든 게 불리하게 작용했다. 매형은 가해자가 경찰서에 손써서 구속을 피했다, 연루된 경찰을 찾아서 옷을 벗기겠다, 병원에다가도 힘을 써서 초진이 그렇게 나온 게 분명하다, 의사 새끼 집어넣겠다, 변호사란 놈이 보상에 무슨 정가가 있는 것처럼 합의를 권하고 상담도 한번밖에, 그것도 십분 남짓 받아본 게 전부라고 분개했다.

무엇보다 매형이 분노한 건 가해자였다. 합의서를 써줄 때 얼굴 한번 비친 뒤로 면회 한번, 전화 한통 없었다는 것이다. 합의서 받자마자 저희들은 발 뻗고 지낸다고 억울해했다. 그래서 당시 진호가 가해자의 아내에게 전화한 일이 기억난다. 전화번호를 누나나 매형에게 건넸다가는 제정신 아닌 사람들이 무슨 일을 낼 것 같아서 자신이 직접 전화를 걸었다. 여자는 수화기 너머로 불편한 기색을 노골적으로 내비쳤다. 뭘 어떡하라는 거냐, 다 알지 않느냐, 보험회사에서 만나지 말라고 한다, 우리는 거기서 하라는 대로 할 거다, 다시는 전화하지 말라, 계속 이러면 협박으로 신고를 할 수 있다고 겁박했다. 아마 신고 운운하는 말도 보험회사가 알려준 매뉴얼일지 몰랐다. 참으로 싸가지 없는 여자였다. 울화가 치밀어 주위에 물어봐도 교통사고는 그렇게 처리되는 게 통례라고 다친 사람만 억울한 것 몰랐냐는 반응이었다.

진호는 누나에게 가해자 쪽이 못 배워 예의가 없더라, 거기 상종했다가는 우리만 골병든다, 매형도 그쪽한테 섭섭한 거 잊고 몸 회복하는 데 전심하라고 일러라, 맨날 자문해준다는 손해사정인도 가까이 하지 말라고 권했다. 매형은 의욕상실자가 되어 지냈다. 누나가 사네 못 사네 해서 연로한 아버지까지 속을 썩였다. 매형은 퇴원 6개월 만인 지난 추석 무렵에 목을 맸다. 진호가 지금도 후회가 되는 건 매형의 죽음을 아버지에게 알리지 못한 것이다. 그때는 아버지가 추석 계기상봉을 앞두고 있어서 차마 알릴 형편이 되지 못했다. 계기상봉이 무산되고 나서 바로 알렸어야 하는데 그때는 누나가 우울증이 심해 말을 못하고 오늘까지 이른 것이다.

"정말 기억 안 나?"

숙경이 목소리를 낮춰 말했다.

"그때가 언제라고 한번 슬쩍 본 게 기억나겠어. 그리고 나는 방금 그 여자나 남자나 눈여겨보지 못한걸."

"그 여자 맞아. 어떻게 저렇게 뻔뻔하게 이런 델 오고 그러냐."

진호는 아내의 말이 얼마나 터무니없는 줄 알았지만 대꾸하지 않았다. 그건 숙경 자신도 잘 알고 있을 거였다. 그냥 화가 나 있는 아내에게 진호는 달래듯 말했다.

"누나한테는 말하지 마."

"미쳤어, 내가 말하게. 뭔 일 나봐. 아버님까지 다 알게 될 텐데."

"당신이 워낙 뭘 감추고는 못 사니까 그렇지."

"난 외려 그 여자가 사과하네, 어쩌네 하며 긁어 부스럼을 낼까 더 걱정인데."

"그건 절대 아냐. 내가 보장해. 그럴 여자가 아냐. 우리가 들이대도 딱 잡아뗄걸."

그는 자신이 여자와 통화하면서 들었던 얘기, 느꼈던 감정을 아내에게 다 말하지 않았다는 걸 떠올렸다. 누나에게는 아내에게 설명한 것보다 더 걸러서 전했다.

"암튼 우리 어떡하냐. 불편하게 생겼어."

숙경이 상심한 목소리로 중얼거렸다.

"뭐가 불편해? 모른 척하면 아무 문제없어."

"그게 말처럼 되냐고. 계속 거치적거릴 텐데. 그나저나 이번에 돌아가면 아버님한테 말씀드려야 하지 않아?"

진호는 한숨을 내쉬었다.

"때 되면 말씀드려야지. 당신, 바람 쐬고 올래? 금강산이잖아. 공기 좀 쐬고 와."

"괜찮아. 당신은 짐 못 풀어. 뭐가 어디에 들었는지도 모르잖아."

"그래. 우리 조심하자."

그들은 거기에서 대화를 그쳤다. 첫 상봉을 준비하자면 할 일이 많았다. 진호는 아버지와 누나가 기다리고 있을 객실 쪽으로 가방을 밀었다. 그런데 숙경이 또 걸음을 멈추었다.

"또 왜?"

"그냥 설레고 호기심도 생기고 그래서 무작정 오기는 왔는데 슬슬 걱정이 되네. 당신은 안 그래?"

진호는 아내가 무슨 말을 하려나 싶어 잠자코 들었다.

"작은댁 사정이 너무 딱하면 어떡하지? 아버님 성격에 모른 척하시지는 않을 테고 우리 형편에 계속 도와야 할지도 모르잖아."

"무슨 수로 도와. 들락날락할 수 있는 데도 아니고."

"모르는 소리 마. 요새는 중국 쪽 통해서 다 한대."

"당신은 뭐가 그렇게 복잡해? 난 아부지만 생각하고 여기까지 왔어. 그리고 도울 수 있다면 도와야지. 남도 아니고 작은집인데."

다시 그들은 대화를 멈추었다. 누나 진숙이 객실에서 나온 것이다.

"뭐 해? 아버지 양복 입으셔야 하는데."

4

진숙은 장시곤을 부축해 상봉장으로 들어서며 위축감을 느꼈다. 그래서 그건 부축이라기보다 불안의 틈새를 메우며 걷는 거나 마찬가지였다. 호텔 건물이 주는 인상이 거두절미하고 '북한'이라는 느낌을 불러일으켰다. 칙칙하고 묵중한 대리석 외장이며, 조명이 미처 채우지 못한 듯한 어둡고 넓은 홀과 2층 대연회장으로 오르는 높은 계단이 마치 영화에서 본 러시아 궁전을 연상케 했다. 저 계단을 다 올라야만 아버지의 형제이자 진숙의 사촌들이 기다리고 있을 텐데 계단 중간에서 제지를 당해 오르지 못하는 상상이 자꾸 들었다.

2층 천장에서 로비 중앙으로 내려뜨린 샹들리에 불빛을 받으며 그녀는 더 느려진 아버지를 부축해 한발 한발 계단을 디뎠다. 둥근 회랑에서는 귀족들이 왈츠에 맞춰 춤을 춰야 할 것 같았다. 그런데 다 늙어빠진 노인들이, 이런 곳은 구경도 못해본 촌로들이 "안녕하십니까? 반갑습니다" 하고 도열해 인사하는 접대원들의 환대를 받으며, 노란 '보도' 완장을 찬 기자들이 분주하게 터뜨리는 플래시를 받으며 그저 얼이 빠진 채 계단을 오르고 있었다.

진숙의 가족은 계단 끝에 올라 잠시 멈춰 섰다. 머잖아 누군가 다가와 정신없이 이끌고 가기 전에 자녀들은 장시곤의 옷매무새를 만져주고 뒤집힌 명찰을 앞으로 돌려주었다. 숙경이 디지털카메라를 꺼내 한걸음 뒤로 물러났을 때 북측 남자 안내원이 다가왔다.

안내원은 명찰을 확인하고 문이 활짝 열린 대연회장 쪽으로 모시겠다는 몸짓을 했다. 그들은 안내원을 따라갔다. 그들은 금강산 벽화가 그려진 회랑을 끼고 왼쪽으로 안내되었다. 흰 테이블마다 가운데 번호표가 세워져 있었고, 북측 상봉자들이 앉아서, 혹은 서서 남측 가족들을 기다리고 있었다. 벌써 오열하는 소리도 들리고, "저거 아입매?" 하고 손짓하는 모습도 보였다.

머잖아 진숙은 진호 부부와 함께 '77번' 테이블을 발견했다. 사촌 장양일로 추정되는 중년의 양복쟁이가 번호표를 높이 쳐들고 이쪽을 바라보고 있었다. 중절모를 쓰고 뿔테안경을 쓴 노인이 일어나고, 분홍색 계열 한복을 입은 모녀도 함께 일어섰다.

진숙은 아버지의 팔을 놓았다. 장시곤과 장시춘은 멈칫 서서 잠시 서로를 바라보았다. 이윽고 두 사람은 다가섰는데 서로 껴안고 오열하지는 않았다. 그들은 두 손을 맞잡고 흔들었다.

"형님, 궂은 일기에 먼 길 오시느라 수고하셨습니다."

작은아버지는 목소리가 걸걸했다. 키도 훤칠해서 아버지보다 한뼘은 더 크고 풍채도 좋았다. 아버지는 목이 메어 선뜻 말을 내놓지 못하고 엉거주춤 작은아버지의 등을 토닥거렸다.

"고생 많았네. 미안하네."

진숙은 눈시울이 뜨거웠다. 진호도 낯이 발갛게 달아올라 있었다. 숙경은 멀찍이 떨어져서 두 형제의 상봉을 디지털카메라에 담았다.

작은아버지가 작은집 식구들을 소개했다.

"여기가 안해입니다."

눈매가 선하게 늙은 작은어머니 리호선과 장시곤이 맞절을 했다.

"여기는 딸이고 아들입니다. 너희들 뭐하나, 큰아버지께 인사 올리지 않고선."

양일, 양선이 테이블 옆자리에서 큰절을 올렸다. 사촌들이 일어났을 때 아버지는 다가가 손을 잡아주었다. 이번에는 진숙네 차례였다. 아버지는 작은아버지가 했던 대로 차례로 가족을 소개했고, 진숙과 진호 부부는 장시춘에게 큰절을 올렸다. 장시춘은 차례로 껴안고 두 손을 잡아주었다.

모두가 테이블에 앉았다. 형제가 나란히 앉고 진숙네는 왼편으로, 작은집 식구들은 오른편으로 둥글게 자리를 잡았다.

"조카님들, 고맙소. 든든한 조력자들이 아버지를 잘 모셔서 오늘 이런 경사가 있잖습니까?"

작은아버지가 덕담을 했다. 검은빛이 도는 자글자글한 얼굴에 웃음이 호탕했다. 금니가 하나 있기는 해도 이가 튼튼해 보였다. 작은아버지는 머잖아 중절모를 벗었는데 이마 너머로 머리가 벗겨졌고 머리카락이 검었다. 그에 비해 아버지는 숱진 머리가 하얗게 새었다. 평소 염색을 하지 않기도 하지만 이번 방북 길에 염색을 하자고 했더니 동생에게 있는 그대로의 모습을 보이고 싶어했다. 진숙이 보기에 두 사람은 떨어져 지낸 세월이 있어서 그런지 닮은 구석이 많지는 않았지만 말할 때 팔자주름이 깊어지고 입매가 나서는 게 닮아 보였다. 곱슬머리라든가 광대가 낮은 것도 닮았다. 찾으면 찾을수록 닮은 데가 또록해졌다. 작은어머니는 시종 말없이 미소를 띠고 있었는데 수수하고 정감 가는 얼굴이었다. 사촌들은 외탁을 한 느낌이었다.

옆자리 78번 테이블도 상봉이 이루어져 떠들썩했다. 남북 취재진도 붙어서 노인들의 상봉을 취재했다. 진숙네도 모두 어색한 시선을 거두어 그쪽을 흐뭇하게 바라보았다.

남측 노인이 북측 노인을 앉혀놓고 큰절을 올렸다.

"삼촌, 우리 가문을 지켜주셔가지고 정말 감사합니다."

주변에 한바탕 폭소가 터졌다.

숙경이 테이블에 차려진 망고주스와 알로에주스를 북측 가족에게 밀어주었다. 그녀는 어리둥절한 기색이 역력했다. 진숙은 숙경의 마음이 이해가 갔다. 작은아버지 가족은 상상을 벗어나 있었다. 왠지 안도감과 함께 위화감이 들었다.

아버지가 말했다.

"내 사는 데 바빠서 아우님을 일찍 찾아보지 못했어. 아버지가 새장가를 들어서 북에 계신 어머니 말씀도 통 안 하셨고. 내 세 살 때 어머니를 놓쳤는데 어머니 기억이 있나. 아우님은 말할 것도 없지. 이제 돌아가실 때 돼서 말씀해주시더구만. 그러고도 내 찾을 방도가 있나. 어머니 이름만 외고 지냈지."

"아무러믄요. 남에서 형님이 어머니를 찾는다는 소식을 듣고 이자 얼마나 놀랐는지 모릅니다. 우리야 아버지가 식솔을 거느리고 남으로 내려간지도 모르고 전쟁통에 돌아가셨겠구나, 그러고 살았지요. 저도 오마니 기억이 많지 않습니다."

"어머니는 언제 돌아가셨나?"

"전쟁이래 끝나고 일천구백오십오년에 결핵으로 가셨지요. 외할머니가 거두어 길러주셨는데 말을 못하는 분이셨드랬습니다. 형님하고 누이가 둘 있다는 걸 가슴을 치며 알려주셔서 그건 알고 살았습니다."

그러면서 작은아버지는 고모 소식을 궁금해하는 기색이었다. 진호가 서류가방을 주섬주섬 열어 사진들을 꺼내놓았다.

"고모님은 지금 미국에 사세요. 미국 사는 조카가 모시고 가서 거기서 사신 지 꽤 됐습니다. 여기 가족사진이 있어요."

진호는 여러장의 사진 가운데 한장을 뽑아 테이블로 밀어놓았다. 고모까지 포함해 다섯 식구가 사진관에서 찍은 가족사진이었다.

"미국 사람은 없고 다 조선 사람이구만."

작은아버지가 놀랐다는 듯 잠시 몸을 늦추며 말했다. 진호는 설명을 덧붙였다.

"이민을 갔어요. 이번에 길이 너무 멀어서 오시지 못했지만 우리 동생 손 한번 잡아보고 싶다고 많이 우셨다고 해요. 양복 한벌 지어달라고 돈도 부쳐주시고 이 사진도 이번에 찍은 거랍니다."

갑자기 아버지가 흐느껴 울었다. 울음은 순식간에 전염되어 작은아버지도 안경을 벗고 눈구석을 훔쳐내고 온 가족이 훌쩍였다.

울음이 그치고, 작은아버지가 말했다.

"작은누이는?"

하고 조심히 물었다.

"잘못되셨나?"

그 말에 진숙네 가족은 뜨악해졌다.

"고모는 한분이셨어요."

진호가 대답했다. 이어서 아버지가 말했다.

"외조모께서 잘못 전해준 모양일세. 자네 누님은 하나야."

"아, 그래요? 내 촉기가 좋아도 이자 너무 어린 나이에 말 못하는 분한테 들어놔서 오해를 하고 살았구만."

그런 사연도 쓸쓸하여 가족들은 묵연해졌다.

다시 서로 사진을 꺼내놓고 가족들 소개를 이어갔다. 때마침 다큐 감독이 테이블로 왔다. 장시곤이 알아보고 젊은이를 소개했다.

"방송국 사람인데 우리 상봉을 담겠다는구만."

진숙네 가족이 알은체를 하고 인사했다. 작은아버지는 일어나 악수로 맞았다. 아버지가 영정사진으로 쓰는 할아버지 사진을 작은아버지에게 보여주며 말했다.

"내가 아버지를 빼다 박았어. 머리 흰 거 하며…… 보게."

"정말 그러십니다."

사촌 장양선이 사진을 가져다가 제 아버지에게 건넸다. 작은아버지는 사진을 오래 들여다보았다. 눈시울이 붉어지는 것 같았다. 작은아버지는 양복 속주머니에서 지갑을 꺼내 작은 흑백사진 한장을 장시곤에게 내밀었다.

"이게 외갓집에 내려오는 부모님 혼례사진입니다. 형님은 처음 보지요?"

전통혼례복을 입고 찍은 사진인데 얼굴을 더 자세히 보려고 아버지는 주머니를 뒤적였다. 돋보기안경이 없었다. 작은아버지는 얼른 제 안경을 벗어 아버지에게 내밀었다. 아버지는 안경을 돋보기처럼 들고 사진을 들여다보았다.

"우리한테도 부모님 사진이 있네. 현숙이 돌 때 찍은 사진인데 거기 어디 있을 텐데……"

진숙이 테이블에 놓인 댓장의 사진을 뒤적거려보았지만 보이지 않았다. 그리고 진숙은 조부모의 결혼사진을 본 적이 없었다. 아버지는 진호를 건너다보았다.

"네 고모가 갖고 있어서 이번에 메일로 받지 않았니? 복사를 떠서 몇장 만들어 보내라고 하지 않던."

"선물 가방에 넣은 모양이에요. 내일 개별상봉 때 드릴게요. 이제 첫 만남인데 천천히 얘기 나누세요. 두분이 너무 성급하신 것 같아요. 데면데면하실 줄 알았는데 역시 형제라 다르시네요."

"우리 조카가 뜨직뜨직 말을 잘하네."

진호가 작은아버지의 농을 얼른 받았다.

"저는 작은아버지를 뵙고 가슴이 뜨끔했습니다."

그는 듬성듬성해진 제 머리를 쓸어 보이며 덧붙였다.

"다 집안 내력이구나, 싶었지 뭡니까. 동생은 벌써 시작되었구만."

진호가 양일을 건너다보며 말했다. 무슨 말인 줄 알고 가족들이 모두 웃었다.

아버지는 조부모의 결혼사진을 작은아버지에게 돌려주었다.

"이건 가져가시라요. 우리도 어머니 부탁을 한가지라도 안고 가야 하지 않갔습니까."

이어서 어떻게 살고 있는지 서로 대화가 끊이지 않고 이어졌다. 작은아버지에 대한 이야기가 나왔을 때 그 집

154

아들 장양일이 말했다.

"아버지는 작가십니다. 혁명열사들 전기를 많이 쓰셨어요. 전설을 모은 책도 내셨고요."

진숙네 가족이 고개를 끄덕이며 장시춘을 바라보았다.

"다 옛날이야기입니다. 인차 아이들 뒤에 서서 살지요. 애들 뒤에 서면 늙는 건 둘째고 바보가 된단 말입니다. 안 그렇습니까, 형님?"

"그렇지. 여기 오는 것도 애들 아니었으면 엄두를 냈을라구. 난 그냥 따라온 것만 같아."

사촌 남매는 교원들이고 양선은 사리원에 살고, 양일은 원산에 산다고 했다. 모두 결혼을 해서 자녀를 하나씩 두고 있었다.

다큐 작가가 작은아버지에게 소감을 청했다.

"그거야 뭐 어렵겠습니까? 감개무량하지요. 자, 우리 형제 보시라요."

장시춘은 어깨를 기울여 장시곤에게 바짝 댔다.

"모색이 비껴 있지 않습니까? 닮았지요? 형제가 이렇게 나란히 살았어야 하는데 칠십년 세월을 모르고 살았으니 사람질을 제대로 하고 살았다고 할 수 없지요. 억울하고 섧은 세월이었지요. 형님이 이렇게 건강히 살아 계시고 조카들도 훌륭해서 인차 발편잠을 자겠습니다."

아버지가 흐뭇하게 웃는 걸 진숙은 안타깝게 바라보았다. 그러다가 진숙은 올케 숙경이 고개를 빼서 멀리 테이블을 정신을 빼놓고 바라보는 걸 보았다.

"뭐 해? 아는 사람 있어?"

숙경이 화들짝 놀라서 돌아섰다.

"아니요. 참 별의별 사람들도 많고 눈물도 많네요, 형님."

두시간의 가족상봉이 금방 지나고 북측에서 준비한 만찬이 이어진다는 방송이 나왔다.

5

아침 아홉시에 선물 가방이 객실로 배달되었다. 장시곤의 자녀들은 고민거리가 생긴 듯 선물 가방을 풀어놓았다.

"고모, 이건 아무래도 실례 같지요?"

"그래. 오해하실 수도 있겠어."

장시곤은 무슨 일인가 싶어 소파에서 건너다보았다. 초코파이와 라면, 치약 같은 게 밖으로 나와 있었다.

"그게 왜?"

진숙이 대답했다.

"작은아버지 형편이 생각보다 좋아서 이걸 드려야 하나 걱정이에요."

"원, 별 걱정을 다 한다. 거기 손주들도 있잖더냐."

"그냥 다시 쌀까요?"

"그런 것 가지고 자존심 세우고 그럴 사람들 아닌 건 너희들도 어제 봤잖느냐."

"아버지, 그것도 이따 드려야겠지요?"

진호가 건너다보며 물었다. 그들은 이천 달러를 선물로 준비했다. 더 넣어봐야 당자에게 가지 않는다고 천 달러 밑으로 준비하라고 교육 때 설명을 들었지만 천 달러 봉투를 하나 더 만들어서 양복 안주머니에 넣었다. 운이 좋으면 오롯이 갈 거였다.

"티 안 나게 오늘 줘야겠지. 그나저나 고모가 보내줬다는 사진 뽑은 것 좀 찾아주련."

진호가 앨범을 뒤져 어제 말한 사진을 찾아냈다. 장시곤은 돋보기안경을 찾아 사진을 들여다보았다. 현숙이 미국으로 갈 때 이건 네 거다, 하고 들려 보낸 사진이었다. 아버지 어머니가 함께 찍은 사진은 유일해서 과거 한때 닳도록 들여다보았다. 외가의 기와집 마당에서 양친이 각각

아들과 딸을 안고 찍은 사진이었다. 사진은 어제 본 듯 선했다. 이게 다시 돌아와 북녘까지 올 줄 몰랐다. 장시곤은 다시 가슴이 뜨거워져서 아이들의 눈을 피해 몸을 틀고 앉았다. 그는 어제 동생에게서 받은 부모의 결혼사진을 옆에 놓고 두 사진을 오래 들여다보았다. 그는 침침한 눈을 비비며 다시 사진을 들여다보고는 허리를 세웠다. 두 사진은 4년 혹은 5년의 시차를 두고 찍었을 텐데 두분이 같은 사람이라고 볼 수 없을 만큼 달랐다. 이건 무슨 일일까? 두분은 발까지 사진에 담겨 있는데 결혼사진은 어머니의 키가 아버지와 엇비슷했고, 돌사진은 어머니가 아버지의 어깨 아래에 서 있었다. 돌사진은 어머니의 입매가 돌출되어 있는데 결혼사진은 그렇지 않았다. 그건 속일 수 없는 특징이었다. 장시곤은 소파 깊숙이 몸을 묻었다.

자식들이 개별상봉을 앞두고 작은집 식구들을 마중하겠다고 로비로 내려갔다. 장시곤은 협탁에 놓인 사진들을 거두어서 양복조끼 안주머니에 넣었다.

머잖아 장시춘의 가족들이 도시락이 든 비닐 봉투와 선물 가방을 들고 호텔방으로 들어섰다.

"형님, 밤새 안녕히 주무셨습니까?"

장시춘이 손을 맞잡으며 인사했다.

"아우님도 잘 잤는가? 난 마음이 설레서 잠을 설쳤다네."

장시곤은 장시춘을 식탁으로 안내했다. 어제 단체상봉과 만찬 자리도 좋았지만 두 가족은 더욱 화기애애해졌다. 식사 도시락을 펼치기 전에 그들은 선물 가방을 교환했다. 숙경이 선물 가방을 건네며 말했다.

"양복이랑 구두는 형제간이라 아버님 치수대로 어림해서 마련했는데 맞을지 모르겠어요."

"질부, 여기서 한번 입어볼까요?"

장시춘이 흔쾌히 말했다.

숙경은 얼른 가방을 열어 양복을 꺼냈다. 짙은 회색 양복을 양선이 받아 제 아버지 뒤에서 입혀 주었다. 두 치수는 작은 듯 소매가 깡뚱하고 어깨가 조였다.

"이걸 어쩌니……"

양선이 난감해했다.

"동생이 한번 입어봐."

진숙이 양일을 가리켰다.

"그래. 네가 한번 입어보렴."

그래서 이번에는 장양일이 걸쳐보게 되었다.

"야야, 딱 맞다야. 맞춘 듯하구나."

장시춘이 말했다. 구두도 신어보게 되었는데 역시 장양

일의 차지가 되었다.

"섭섭하다 마시라요. 저야 집에 들어앉았는데 양복이 호사지요. 한창 일하는 사람이 입으면 좋지 않겠습니까. 우리 양일이 큰아버지한테 큰절 올려야겠다야."

북쪽 선물도 공개가 되었다. 들쭉술, 평양술, 태평곡주가 쇼핑백에 들어 있고, 술 달린 식탁보를 양선이 펼쳐 보였다. 식탁보에는 작은 꽃이 한땀 한땀 수놓아져 있었다.

"이건 우리 어머니가 직접 수놓인 거예요."

양선의 말을 받아 장시춘이 말했다.

"우리 선물은 조촐합니다. 시침을 뚝 따고 드릴 수도 있지만 가족이 만났는데 어디 그럴 수 있습니까. 다 아시겠지만 우리 물산이 풍족지 않아 정성이 리남에 미치지 못합니다."

그러나 남쪽 자녀들은 흡족해서 박수를 쳤다.

식사가 끝났을 때 장시춘이 장시곤에게 말했다.

"형님, 금강산에 왔는데 바깥바람 한번 쐬시지 않겠습니까?"

장시곤이 잠시 장시춘을 바라보다가 일어섰다. 그는 주섬주섬 옷을 차려입었다. 두 아들도 옷을 입는 걸 장시춘이 말렸다.

"야야, 우리 형제간에 시간 좀 갖게 훼방 말라."

자식들이 그러시라고, 다시 자리에 앉았다. 숙경이 얼른 커피를 타서 종이컵에다가 담아 두 형제의 손에 들려주었다.

두 사람은 호텔 마당으로 나왔다. 너른 마당가로 치워놓은 눈이 소복했고 볕이 좋았다. 그들은 호텔 직원들이 담배를 피우는 곳을 지나 운동장 멀리 걸어갔다. 흰 능선이 세 겹, 원근감을 갖고 겹쳐 있었다. 앞산 검은 솔숲도 희끗하고, 그 너머 능선도 백발처럼 빛나고 있었다.

"여기가 한때 김정숙 휴양소였드랬습니다. 저도 바뀌고는 처음입니다."

그래놓고 장시춘은 몸을 돌려 장시곤을 바라보았다.

"뭐 궁금하신 거 없습니까?"

"……"

"사람이 헛꿈을 꾸고 행방 없이 사는 게 쓸쓸하지만 죽디 않고 사는 게 용하디요."

장시곤은 뒤늦게 장시춘에게 대답하고 싶었다.

"지금 와서 뭐가 궁금하겠소. 오늘 생각하니 65년 세월이 우리 시간이 아니었다는 생각이 듭니다."

"그렇디요? 너무 어린 기억은 필시 우리 기억이 아니란 말입네다."

장시곤은 멍하니 서 있다가 주머니에서 주섬주섬 작은 병 하나를 꺼냈다.

"아버님 묘에서 얻은 흙이오. 그리고 이건 해주 살 때 주소 적은 거고."

장시춘은 병과 쪽지를 받았다.

"네, 한번 찾아보디요."

허어, 하고 장시춘은 먼 산을 바라보았다.

"여기가 금강산입네다."

그러면서 장시춘은 손가락을 세워 봉우리들을 가리켰다.

"저기가 대자봉이고, 저기가 수정봉이고……"

장시곤은 멀리 시선을 던져 처음으로 금강산을 둘러보았다. 대자봉과 수정봉 사이로 멀리 앉은 능선은 하늘빛과 구분이 되지 않았다.

장시춘이 말했다.

"래일도 보시자요. 여기 올 기회가 또 있갔습니까. 자식들 근심이라도 놔주어야디요."

장시곤은 고개를 끄덕거렸다. 눈발이 날리기 시작했으나 조금 더 이곳에 머무르고 싶었다.

조용한 생활

퇴근 전 책상을 정리하다가 준모는 그 메모지를 발견했다. 그는 금세 메모를 알아봤고 낭패감이 들었다. 나흘 전 집주인 노인이 안긴 것이었다. 은행 봉투를 재활용한 메모지는 교양과목 수강생들의 과제물 밑에서 나왔다. 사인펜 글씨로 '李喆鎬(煥)?'와 함께 '1937?' 하고 연도가 쓰여 있었다. 물음표들은 준모 자신이 직접 적어 넣은 것이기도 했다.

허 노인이 2층으로 몸소 올라와 준모의 방문을 두드리는 일은 흔치 않았다. 그날 아침 노인은 너른 이마 위에다가 돋보기를 올려놓고 서 있었다. 조간신문을 구독하는 노인을 아침이면 같은 모습으로 마당에서 맞닥뜨릴 때가 있었다.

"김 교수, 출근하나베?"

문 앞에 서서 노인은 유난히 조심스러웠다. 준모는 노인을 양옥의 바깥 베란다에 잠시 세워두었다. 그는 세탁소에 맡길 겨울 외투까지 챙겨 들고 나섰다. 홍매화가 끝물이라 밤새 꽃잎이 베란다로 날아와 흩어져 있었다. 탐매(探梅)마을 길고 낡은 골목을 따라 홍매화 가로수가 느런히 이어져 있었다. 아직 이른 시간이라 상춘객들은 보이지 않았다. 준모는 무의식적으로 꽃잎을 피해 발을 디뎠다. 자연스럽게 계단 쪽으로 두어걸음 노인을 이끌게 되었고, 바쁜 티를 냈던 모양이다.

"바쁜 사람 붙들고 있을 수 없응게 거두절미하고……"

노인은 사람 하나를 찾아달라고 했다. '이철호' 혹은 '이철환'이라는 이가 준모가 몸담은 대학의 전신인 농업학교에 다녔는지 확인해달라는 것이었다. 승주 주암 쪽 사람이라고 했다. 일제 때 학적부에서 학생 하나를 찾아달라는 소리였는데 준모는 아득한 일처럼 여겨졌다. 임용되고 첫 학기라 학교는 낯선 것투성이였다. 이런 걸 알아내려면 어느 부서에서 어떤 절차를 밟아야 하는지 가늠이 되지 않았다. 그리고 그는 남의 일에 나서고 싶지 않았다.

"농업학교를 다녔다고요? 1937년에?"

"딱 그해라고 장담은 못해. 그 어름쯤 되겠다는 거제."

얼추 백수에 다다랐을 그 사람이 살아 있을 확률은 낮아 보였다. 그러니까 사람을 찾는다기보다 1937년으로 추정되는 시간에 존재했을 한 사람의 흔적을 확인하려는 것 같았다. 노인이 준모의 표정을 살피며 덧붙였다.

"졸업도 그렇구먼. 인저 거길 댕겠다, 그런 증언만 들었제 졸업장을 땄는지 그건 몰겄다데."

여전히 허 노인이 하는 말은 앞뒤가 없었다. 남 이야기를 전하는 말투며 누가 누구에게 들었다는 건지, 그래서 그 사람을 찾는 당자가 누구라는 건지 알 길이 없었다. 자신이 바쁜 티를 내서 그런 게 아니라 노인이 뭔가를 감추고 있었다. 애초부터 그렇게 마음먹고 올라왔는지 몰랐다. 그래도 부탁하는 입장에서 왜 그 사람을 찾는지 최소한 연유는 밝혀줘야 하는 건 아닌가 싶었다. 그저 심부름만 해달라는 식이라면 곤란했다. 그로 인해 준모가 불편해하는 걸 노인도 빤히 아는 듯싶었다. 말끝마다 자기 사정도 곤란하다는 듯 한숨을 지었다.

준모는 외투를 빨래 건조대에 걸쳐두며 되뇌었다.

"졸업 여부도 정확지 않고…… 성함이 호(鎬)일 수도 있고 환(煥)일 수도 있고……"

그럼에도 노인은 고개만 끄덕일 뿐 별 대꾸가 없었다.

"등본 같은 걸 떼보면 성함은 금방 알아낼 수 있을 텐데요."

"오죽 답답했으면 인저 학교 서류를 뒤져볼 맘을 묵었겄어."

지금껏 해볼 만한 건 다 해보았다는 눈치였다. 말을 보탤수록 의문만 커져가는 대화를 더 이을 필요가 있을까. 출근 시간이 빠듯해지고 있었다. 세탁소도 들러야 하고, 교내 복삿집에 제본 맡겨놓은 것도 찾아야 했다.

"요새는 개인정보보호법이다 뭐다 해서 학적부 같은 걸 함부로 열람시켜줄지 모르겠어요."

하고 준모는 한발 빼면서 메모지를 주머니에 넣었다. 그제야 노인이 우물우물 답답한 속내를 내놓았다.

"여순 그거 있잖은가베."

"여순사건이요?"

"그려. 그거 신고하려는 거여."

준모는 노인을 가만히 건너다보았다. 주위를 살피며 어찌나 비밀스럽게 얘기를 하는지 준모는 하마터면 제 입을 틀어막을 뻔했다. 어쨌든 노인은 이 일이 아주 사적인 일만은 아니니만큼 당신이 도와줬으면 한다고 주장하는 것 같았다. 실제로 준모는 압박감을 느꼈다. 여순사건 특별법이 제정되고 한해 기한으로 피해신고 접수가 진행 중이었다. 시내 곳곳에 신고하라는 현수막이 걸렸다. 신고가 지지부진하다는 뉴스도 있었다. 그해 태어난 이가 일흔을 훌쩍 넘긴 노인이 되었을 세월이니 학살을 목격한 사람이나 유족이 얼마나 생존해 있을까 싶었다. 당장 허 노인도 그 시절에는 아주 어려서 부재한 사람이나 다름없을 거였다. 1948년 일이라면 노인이나 준모나 어떤 실감도 없다는 점에서 같은 처지였다.

"무담시 김 교수한테 부담을 지우네. 안 되믄 어쩔 수 없지만서두 이참에 이름 석자라도 속 시원히 알아냈음 좋겠구먼."

그러니까 노인이 찾고자 하는 건 한 사람의 정확한 이름이었다. 준모가 추측건대 여순사건 피해자 신고를 하려는데 희생자의 이름을 특정하지 못하고 있는 듯했다. 그게 가능한 일일까? 주민등록부로 확인이 되지 않는 가족이 있을 수 있을까? 희생자가 노인의 먼 친척인 걸까? 성씨가 다른 걸 보면 외가 쪽인지도 몰랐다. 집안에서만 은밀하게 전수된 비밀들이 73년이 지나서야 조심스럽게, 그러나 이렇듯 불투명하게 밖으로 흘러나오는 걸까. 여순사건과 관련하여 어떤 얘기든 조심하려는 노인의 태도가 낯선 건 아니었다. 준모도 어린 시절에 이 지방에서 자랐다. 공포가 내면화되고 침묵이 일상화된 공기가 어떤 것인지 알았다. 세상이 언제 또 뒤집힐 줄 몰라 본능적으로 신고를 꺼리는 피해자가 많았다. 그래도 세상이 어떻게 변해왔는지 겪은 사람들이 아직도 움츠리는 모습이 준모로서는 지나쳐 보였다. 피해자들의 두려움이 그대로 유전되고 있다고 보일 정도여서 거짓처럼 여겨졌다. 그러나 두려움이 지금도 엄연히 실체를 갖고 살아 있는 건 사실이었다.

준모는 문득 노인이 사건 자체가 두려워서가 아니라 준모의 정체를 파악하지 못해서, 그러니까 나는 너를 아직 모른다는 경계심에 이러는 건 아닌지 의심스러웠다.

준모는 노인에게 알아보겠다고 대답했다.

그날 출근길에 외투를 세탁소에 맡기지 못하고 저녁에 맡겼다. 준모는 주말부부 생활을 하고 있었다. 울산과 창원에서 보낸 연구소 생활까지 포함해서 7년째였다. 아내가 정규직으로 전환되고 두 아이가 커가면서 가족을 이끌고 다닐 수 없었다. 처음에는 주말마다 세탁물을 싸 들고 대전의 본가로 가져갔다. 그러다 이내 번거로워져서 손수 빨거나 세탁소에 맡겼다. 그랬더니 이곳 집에는 옷가지들이 쌓여가고 본가의 장롱은 점점 비어갔다. 본가에 변변하게 갈아입을 계절 옷이 없을 때도 있었다. 해를 거듭할수록 본가의 살림에서 그의 흔적이 지워지는 것 같았다. 원로 교수들은 웬만하면 가족을 불러내서 함께 살라고 했다. 교수 생활을 은퇴한 후에도 가족 곁으로 가는 일이 편치 않아 여전히 이곳에 방을 잡아 주말부부 생활을 이어가는 이들이 있다고 했다.

세탁소는 초등학교 담벼락에 붙어 있었다. 낡은 단층 건물에는 세탁소와 함께 이발소와 문구점이 있었다. 얼핏 보면 1980년대를 배경으로 하는 드라마 세트장을 연상케 했다. 노부부가 세탁과 수선을 함께 했다. 세탁물을 받으면 할머니가 옆 문구점에서 구했을 성싶은 초등학생용 공책에 세탁 물목과 함께 맡긴 사람의 이름과 전화번호를 받아 적었다. 언제까지 해달라고 요구하면 그 옆에다가 요일을 적었다. 곁에서 지켜보노라면 불안하기 이를 데 없었다. 할머니가 없을 때는 할아버지가 세탁물을 받았는데 그는 세탁 물목을 기록하지 않았다. 모든 게 여기에 입력된다고 제 머리를 손가락으로 두드리곤 했다. 아마 할아버지는 문맹인 듯싶었다. 세탁소는 후불제인데 카드 결제가 되지 않았다. 첫 거래 때 하도 황당해서 준모는 요새 세상에 카드를 거부하는 가게가 어디 있느냐고 따졌다. 할아버지는 태연하게 소상공인인 걸 내세웠다. 수수료 떼여가며 골목 세탁소를 운영하기 어렵다며 항변했다. 어딘가에 카드단말기를 처박아놓고 배짱을 부리는 게 분명했다. 이런 엉터리가 있나 싶어 신고를 해버릴까 고민도 하고, 다른 세탁소를 찾아 나서기도 했으나 근처에 코인빨래방은 있어도 다림질까지 맡길 만한 세탁소는 없었다.

그렇다고 그 집이 세탁까지 엉터리인 건 아니었다. 제때 세탁이 되지 않는 경우는 없었고, 귀가 시간이 늦어져 며칠째 찾지 못한 세탁물이 생기면 주인집에 배달해놓고 간 적도 있었다. 그런 날은 자연스레 외상으로 처리되었는데 안내도 독촉도 없었다. 따지고 보면 늙은이들은 그저 예전 방식대로 장사를 하고 있을 따름이었다. 세탁소의 고객들도 준모 같은 경우는 드물고 오랫동안 이 마을에서 늙어가는 주민들이 대부분일 거였다. 거처를 이 골목에 잡은 이상 이곳의 생활감까지 받아들여야 하는지 몰랐다.

그날 강의를 끝내고 학교 인트라넷을 검색해 학사지원과의 학적 담당자를 찾아냈다. 담당 직원은 휴가 중이었다. 전화를 받은 여자 직원이 단순한 업무라면 자신이 처리해주겠노라고 했다. 준모는 볼펜으로 메모지에 적힌 이름에다가, 그리고 1937년에다가 물음표를 붙여가며 용건을 설명했다. 여자는 그런 사안이라면 자신이 처리할 수 없겠다고, 담당 직원이 내일 출근할 테니 직접 문의해달라고 안내했다. 전화를 끊기 전 준모는 직원에게 물었다.

"농업학교 시절 자료가 전산화되어 있나요?"

"그때 것들은 아마 문서고에서 찾아야 할걸요."

역시 난망한 일 같았다. 기대하지 않아서 그런지 준모는 내리 사흘을 바쁜 일과에 섭슬려 허 노인의 부탁을 깜박 잊고 지냈다.

업무가 종료되는 여섯시가 되려면 아직 이십여분이 남아 있었다. 준모는 사무용 전화기를 무연히 바라보았다. 퇴근 시간이 임박해 걸려오는 이런 민원전화는 어떨까? 그는 자꾸만 소심해지는, 그래서 병적으로 그 상태를 추궁하는 자신에게서 벗어나려고 애썼다. 그는 전염병이 가져다준 거리두기가 전혀 불편하지 않았다. 숱한 행사와 술자리 모임, 장례식과 결혼식에서 놓여났다. 하루 종일 앉아 있어도 아무도 찾아오지 않는 연구실에 틀어박혀 줌으로 강의하고 회의하는 시간이 편했다. 갑자기 찾아온

정적처럼 그는 조용한 생활이 좋았다. 오히려 이런 상태가 원래 정상이 아니었을까 싶을 때도 있었다.

그는 휴대폰으로 메모지의 한자를 검색해 정확한 훈(訓)을 확인했다. 이윽고 그는 메모지 한 귀에 적어둔 내선 번호로 전화를 걸었다. 학적 담당자는 출근해 있었다. 남자였고 목소리가 앳되었다. 준모는 여순사건 피해자의 학적부를 찾는다는 말부터 꺼냈다. 그게 이야기를 간단히 끌어가는 데 효과적일 것 같았다. 그가 용건을 얘기하는 동안 상대는 묵묵히 들어주었다. 준모는 당연하게도 상대 직원이 귀찮아할 일이라고 단정해서 말을 앞지르고는 했다.

"퇴근 시간이 다 됐는데 내일 다시 전화할까요?"

"아닙니다. 괜찮습니다."

직원은 차분했다. 잠긴 듯한 목소리에서는 어떤 감정의 동요도 느껴지지 않았다. 그는 여럿이 쓰는 사무실에서 마스크를 쓴 채 전화를 받고 있을 것이다. 준모는 솔직하게 얘기했다. 이 일을 부탁한 사람이 경계심이 심해 자세한 사정을 다 털어놓지 않는다고. 그리고 학교의 업무 규정이 허락하는 범위에서 일이 처리되었으면 좋겠다고 부연했다. 거절해도 상관없다는 뜻이 오해 없이 전달되었기를 바랐다. 직원이 입을 열었다.

"돌아가신 분인가요?"

"아무래도 그러지 않겠어요. 이런 경우에는 유족이 직접 열람 신청을 해야겠죠?"

"그렇지는 않습니다. 사망자니까 개인정보보호법 보호 대상은 아니에요. 다만 전산화가 아직 안 되어 있기도 하고, 그때 자료들은 유실된 게 많거든요."

"그렇군요. 정보라도 정확하다면 모를까 괜한 헛수고 같네요."

"……"

준모는 이만해서 전화를 끊을까 싶었다. 이 정도만 해도 허 노인에게 면목이 설 것 같았다. 그런데 직원이 큼큼, 목을 틔우더니 물어왔다.

"그분 성함이 어떻게 된다고 하셨죠?"

준모는 직원의 마음이 움직이는 걸 느꼈다. 그는 메모를 들여다보며 찾는 이의 이름을 불러주었다.

"성함을 정확히 모르시더라고요."

준모는 메모의 한자 표기를 직원과 맞춰나갔다.

"문자나 메일로 보내드릴까요?"

"아닙니다. 받아 적겠습니다."

"가만있자, 이게 호경 호(鎬) 자죠, 아마? 밝을 철에 호경 호."

"철은 쌍길 철(喆)을 말씀하시는 거죠?"

하고 직원이 확인했다.

"네."

키보드 두드리는 소리를 수화기로 들으며 준모는 기다렸다.

"또다른 성함이?"

"이철환이요."

"빛날 환(煥) 자를 쓰겠죠?"

"맞습니다."

업무에 숙달되어서일까. 젊은 사람이 인명 한자에 제법 밝아서 준모는 놀랐다. 그는 기록을 마치고는 다시 물어왔다.

"혹시 주소도 갖고 계십니까?"

"주암 출신이라고만 했어요."

"그때는 행정구역상…… 승주군 주암면이었겠네요."

정보 공유가 끝나자 직원이 처리 절차를 설명해주었다.

"시간이 좀 걸리겠어요. 금방 나오면 모를까 앞뒤로 2년씩만 넓혀 잡아도 5년 치를 찾아봐야 할 거예요. 1935년 학적부부터 1939년 학적부까지. 그나마 창씨개명

전이라 다행입니다. 제가 이 일에만 매달릴 수는 없고, 틈틈이 찾아보겠습니다. 그 점은 이해해주셨으면 합니다."

"아무렴요."

오히려 준모가 미안해져서 거들었다.

"가능하면 저도 도울게요. 문서고에 가서 선생님과 함께 작업할 수 있어요."

준모는 누런 서류들이 책장마다 가득 쌓인 문서고에 앉아 바스러질 것 같은 서류들을 들추는 자신의 모습을 상상했다. 어느 한나절을 그곳에서 보내는 일도 나쁘지 않을 것 같았다. 직원은 잠시 뜸을 들였다가 예의 그 차분한 어조로 대답했다.

"아닙니다, 교수님. 이 일은 제 일인걸요. 문서고 출입에도 절차가 있고요."

준모는 직원에 대한 신뢰감이 차올랐다. 문서고를 독차지하고 앉아 있을 그를 떠올렸다. 그는 아무리 일이 무의미해도 금세 몰입해서 고독 속에 놓일 것이다. 준모는 그가 자신과 동류의 사람인 걸 느꼈다. 앞에 있다면 손이라도 힘껏 잡아주고 싶은 사람이었다. 그래서 직원의 이름을 문득 물었는지 모른다.

"양태민입니다."

준모는 메모지 하단에 그의 이름을 받아 적었다. 그는 잠시 기시감으로 긴장했다. 그건 오래전 같은 이름을 써본 손끝에서 반응해오는 것 같았다. 그에게는 동명이인의 고등학교 친구가 있었다. 삼십년이 지나도록 재회한 적 없지만 지금껏 잊어본 적도 없는 친구였다.

"기록을 찾게 되면 연락 드리겠습니다, 교수님."

양태민씨가 말했다. 통화를 끝낼 시간이 되었다.

"고맙습니다, 양 선생님."

준모는 통화를 끝냈다.

그가 자신이 아는 양태민일 리는 없을 것이다. 혹시나 그라면 통화하는 동안 어떤 반응이든 보였을 테니까. 긴 하루가 끝난 것 같았다. 비로소 성가신 일에서 놓여나 일상으로 돌아온 듯 홀가분했다.

학교에서 준모의 집까지는 걸어서 이십분 남짓 되었다. 준모는 이 도시에서 고등학교를 다녔고, 삼십년 만에 돌아왔다. 십대 시절 3년을 보낸 도시라지만 그는 이 도시에 대해 아는 게 별로 없었다. 그저 3년이 하루 같은 입시 학원에 들었다가 나온 것이나 다름없었다. 이렇게 말하는 게 슬프지만 사실이었다. 그는 이 도시에 음식 문화가 발

달했고, 유서 깊은 곳이 많다는 걸 이번에 와서 알았다.

　준모는 개강 전에 학교 게스트하우스를 임시 거처로 빌려놓고 정착 준비를 했다. 연구실을 꾸미고 강의계획서를 짜고 수업 준비와 각종 교육과 인사로 바쁘게 보냈다. 방을 구하는 일도 그중 하나였다. 이 도시 역시 다른 곳들처럼 부동산 가격이 폭등해서 아파트 입주는 불가능했고, 오피스텔은 멀리 공단 인근의 상업지구에나 가야 매물이 있었다. 불가피하게 학교 인근의 원룸을 구해야 할 것 같았다. 임시로 원룸에 머물면서 오래 묵을 숙소를 천천히 찾아볼 계획이었다.

　학생 수가 줄고 전염병 사태까지 겹쳐서 대학가에는 빈방이 많았다. 오히려 그래서 방을 구하는 기준이 더 깐깐해졌다. 그는 이런저런 이유로 방들이 마음에 들지 않았다. 좁고 습하고 낡고 시끄러웠다. 창문이 작거나 북향이었고, 풍경이 삭막했다. 복도에 중국집 배달 음식 그릇이 놓여 있기도 했고 계단의 전등이 깜박거리기도 했다. 무엇보다도 젊은 사람들이 득실득실한 게 싫었다. 며칠 발품을 팔고 나자 그는 마음 깊은 데서 자신이 원룸을 원하지 않는다는 사실을 깨달았다. 생각보다 일이 난감해져서 그는 당황했다. 무리가 되겠지만 대출을 받아서 아파트나 근교의 전원주택을 세내볼까 고민이 깊어졌다.

　그 와중에도 그는 인근 원도심에 있는 모교 쪽으로 산책을 다녔다. 삼십년 동안 구석구석 어떻게 변했을지 궁금해서 매일 아침이면 목도리를 두르고 낯익은 골목길을 걷고는 했다.

　시립의료원을 끼고 오르는 길에는 미국 남장로교 선교사들이 남긴 고건축물이 많았다. 고등학생 시절 준모는 이국풍의 건축물이 고즈넉해서 좋으면서도 어떤 이물감에 시달렸다. 저 아래 중심가의 백화점이나 영화관들보다 그를 주눅 들게 한 건 선교사들이 남긴 유적들이었다. 그가 다닌 학교는 미션스쿨이었는데 학교에서 매주 진행되는 예배와 성경 공부가 주는 긴장 탓인가 싶었다. 미션스쿨의 신앙생활을 경험과 정서의 세계로 덤덤하게 받아들였으면 좋으련만 당시 그는 지나치게 신념의 문제로 받아들이고는 했다. 기독교 세계에 대한 반발심은 아니었다. 외려 그는 그 나이에 싹트는 삶과 세계에 대한 질문으로 목말랐다. 자연스럽게 교목 선생과 목사들과 성경의 문장들에 고개가 기울어졌는데도 그 교실에서는 서투른 질문이 허락되지 않았다. 너무 진지한 게 흠이었다. 목사 신분의 교목 선생이 성경 과목 시간에 예수 재림과 휴거에 대해 수업을 한 적이 있었다. 학생 하나가 "휴거가 이루어지는 동안 부처나 알라는 무얼 하고 계시나요?"라고 질문했다. 학생들이 웃었다. 교목 선생한테는 그게 모독으로 들렸던 모양이었다. 그는 얼굴이 벌게져서 질문한 학생을 세운 후 뺨을 서너차례나 때리고 교실을 나가버렸다. 불경한 태도와 신성모독은 학교에서 용납되지 않았다. 준모는 어떤 질문이 생기면 그게 경건한지 아닌지 따지게 되었고 끝내 입을 다물었다. 그래서 그 말씀들과 찬송과 건물들과 그 건물들의 공기가 알 수 없고 도달할 수 없는 세계처럼 남고는 했다.

대학에서 고등학교로 이어지는 주택지 뒤로 산복도로처럼 새로 길이 나 있었다. 예전에 그곳은 달동네 같은 곳이었다. 누옥들이 미로 같은 골목에 얽혀 있었다. 그는 1학년 때 기숙사에서 나온 뒤 그 골목들을 서너군데 옮겨다니며 자취했다. 시장 상인들이 모여 살던, 마당에 쌓아놓은 생선 궤짝에서 비린내가 진동하던 집은 도로로 편입되고 없었다. 술주정뱅이 주인 사내가 쌀자루를 훔쳐다가 술을 마셔버린 비탈길 끝 집은 헐려서 누군가의 텃밭이 되어 있었다. 3학년 한해를 보낸 집만이 그대로 남아 있었다. 주인 남자가 시청 공무원이던 집이었다. 자신이 쓰던

행랑채의 작은 창문이 눈속임을 해놓은 것처럼 남아서 그는 창틀 아래 오래 서 있었다. 노크를 하면 창문이 열리고 열아홉살의 자신이 내다볼 것 같았다. 그는 기쁘기보다 쓸쓸했다. 대문 틈으로 황량한 정원이 보였다. 겨울 정원은 방치된 듯도 하고 사람 손길이 닿고 있는 것처럼 보이기도 했다. 그는 초인종에다가 손을 댔다가 뗐다.

"그 집에 사람 없는데……"

등 뒤에 할머니 한분이 서 있었다.

"집 보러 다니우?"

하고 할머니가 물었다.

"아뇨. 여기서 자취를 하면서 고등학교를 다녔거든요."

"이 집서 자취했다면 아주 옛날이구먼. 그래도 참 용하네. 옛날 살던 집을 다 찾아보고."

"여기 대학교로 가르치러 왔거든요."

"잉, 여기 할멈 있었으면 아주 반겼겠네. 할멈 혼자 살다가 겨울난다고 서울 딸네로 갔어. 인저 올 때도 됐겠네. 담에 다시 와봅세."

준모는 할머니와 헤어진 후 저 집에 다시 들어가 살면 어떨까 하는 생각이 들었다.

모교로 오르는 길은 아름드리 팽나무들이 늘어서서 그

늘이 깊고 고즈넉했다. 준모는 이곳을 떠올릴 때면 늘 이 팽나무길부터 그려졌다. 그 길에 예전에 없던 낯선 표지판이 서 있었다. 여순사건 학살지. 스물다섯명의 주민이 토벌대에 희생된 현장이라고 했다. 미국 선교사들이 인부를 사서 희생자들을 인근에 매장했지만 근래 진행된 유해 발굴 작업에서는 찾지 못했다. 한층 그늘이 깊어지고 조용한 길을 준모는 낯설게 두리번거렸다. 표지판은 왠지 자신의 시간이 이 도시에서는 아무것도 아니라고 밀어내는 척력처럼 여겨졌다.

방역 조치로 교문은 닫혀 있었다. 준모는 펜스 앞에 서서 교사를 바라보았다. 운동장에는 인조잔디가 깔리고 예배를 보던 대강당은 사라지고 그 자리에 신축한 강당이 들어서 있었다. 그가 입학해 석달을 머물렀던 기숙사는 교사에 가려 보이지 않았다. 그는 어떤 혀가 "같이 갈 거지?" 하고 속삭이는 환청을 들었다.

"난 마음먹었어. 같이 갈 거지?" 밤이면 기숙사 침상에서 옆에 누운 양태민이 속삭였다. 전남 동부지역에서 선발해 온 서른여덟명의 장학생이 기숙사에서 함께 생활했다. 이 도시는 고교 평준화가 되지 않아 사립학교들은 장학반을 편성해 입시 실적에 열을 올리고 있었다. 기숙사

생활은 엄격하고 힘들었다. 자정까지 사감 교사의 감독을 받으며 학습실에서 자율학습을 했고, 자정이 넘으면 일제히 소등하고 예전 군부대 침상 같은 침실에서 학생들이 나란히 누워 잠들었다.

준모는 낯선 환경에 놓인 데다가 처음으로 집을 떠나 생활했으므로 향수병에 시달리고 있었다. 양태민은 괴목이라는 곳에서 온 아이였다. 하얀 얼굴에 두꺼운 안경을 끼고 있었다. 어떤 계기도 없이 준모는 금세 양태민과 친해져 단짝이 되었다. 뒷날 생각해보면 학교생활에 적응하지 못한 겁먹은 아이들인 걸 서로 눈치챈 게 아닐까 싶었다. 양태민은 제 홀어머니 얘기를 자주 했다. 어머니가 괴목시장에서 식당을 하며 자신을 뒷바라지하고 있는데 시력을 상실해가고 있다고 했다. 그래서 자신이 지금 기숙사에 머물러서는 안 된다고 자책했다. 준모는 양태민을 가슴 깊이 동정하고 위로했다. 한동안 양태민에게 아버지가 없는 줄 알았다. 어느 날부터 양태민이 아버지 얘기를 내놓았다. 아버지가 어머니를 버리고 다른 여자와 살림을 차렸다고 했다. 남해의 모처 항구에서 횟집을 하고 사는데 그 부둣가 세번째 집을 몰래 찾아가본 적도 있다고 했다. 마치 잊지 않으려고 되뇌는 사람처럼 세번째 집이라고 여러번 표현해서 준모는 오랜 세월이 흘러서도 그것이 잊히지 않았다. 양태민은 아버지가 두 아이를 낳고 살고 있다며 주먹을 쥐었다. 양태민의 이야기를 들으면서 준모는 제 아버지를 떠올렸다. 오늘도 아버지는 어머니를 때리고 있을까? 어머니는 오늘 밤에도 이웃집 나무청에서 잠든 게 아닐까? 준모는 차라리 아버지가 죽어버리거나 양태민의 아버지처럼 집을 나가버리는 게 더 낫겠다고 생각했다.

양태민은 제 어머니 이야기로 돌아올 때마다 눈이 벌겋게 젖고는 했다. 자기 집에서는 안방에 관을 하나 모셔두고 산다고 했다. 할아버지가 큰아들을 잃었는데 그 시신을 못 찾아 평생 관 하나를 마련해놓고 살았다. 할아버지가 죽고 나서 아버지는 관을 버리지 못했다. 온통 관 자체였던 할아버지의 인생을 저버리지 못한 것이다.

"유산으로 받은 거지. 근데 엄마도 그걸 못 버려. 그것만 지키고 있으면 아버지가 돌아올 줄 알지. 내가 크면 그 관부터 없앨 거야."

준모는 그 이야기가 무서웠다. 관이 놓여 있는 방이라니! 관 옆에서 밥을 먹고 잠을 자는 모습이 떠올라 기괴했다.

"태어나서부터 보고 자라서 아무렇지 않아. 그냥 가구

같아."

그러더니 양태민이 눈을 부릅떴다.

"죽여버릴 거야."

준모는 움찔했다.

"항구에 가면 세번째 집이거든."

그 얘기를 뱉은 후로 양태민은 그 이야기를 무시로 했다. 준모는 밤마다 잠자리에 누워 양태민의 계획을 들었다. 준모는 양태민에게 그러지 말라고 말하지 못했다. 그역시 아버지라는 존재를 제거할 수 있다는 가능성에 몸이 떨렸다. 그리고 나면 뭔가를 견딜 수 있는 힘이 생기는 듯한 심리상태에 놓이고는 했다.

"난 마음먹었어. 같이 갈 거지?"

그러면서 양태민은 어느 날 밤 이불 속에서 준모의 손을 더듬어 끌었다. 그의 운동복 바지 주머니가 불룩했다. 준모는 그게 둘둘 말아 싼 칼이라는 걸 알고 흠칫했다. 반듯하게 누운 준모는 몸이 굳은 채 "그래" 하고 속삭였다.

그 주말에 준모는 양태민을 따라 기차를 타고 그의 어머니가 사는 괴목으로 갔다. 지리산으로 가는 길목의 산간 마을이었다. 양태민의 어머니는 작은 국밥집을 하고 있었다. 몹시 뚱뚱하고 목소리가 걸걸한 아주머니였다.

그녀는 아들과 아들 친구를 반갑게 맞아주었다. 준모가 인사했을 때는 얼굴을 가까이 들이댔다. 눈이 멀고 있다는 걸 알고 있었으므로 준모는 가만히 있었다.

"니가 그 친군갑네? 우리 태민이랑 잘 지낸당게 항시 고맙다."

아주머니가 돼지국밥을 말아주었다. 주방이며 홀로 다니는 아주머니의 거동에서는 눈이 먼 낌새를 느낄 수 없었다. 양태민이 제 어머니에게 기숙사를 나와서 자취를 하겠다고 말했다.

"왜, 밥도 나오고 기숙사가 편할 텐디."

"잠을 통 못 자서 힘들어. 공부하는 분위기도 안 좋고."

아주머니는 아들 말에 고개만 끄덕였다.

"걱정 마. 우리 둘이 지낼 테니까."

양태민이 준모의 눈을 피한 채 말했다. 미리 의향을 비쳤던 말이지만 준모는 아직 대답을 하지 않고 있었으므로 당혹스러웠다.

"친구랑 같이한다고?"

아주머니가 준모를 바라보며 물었다. 준모는 마지못해 고개를 끄덕였다.

"그럼사 든든하제만 학기 중에 방 구하기가 어디 쉬울

랑가 몰겠다."

"봐놓은 데가 있어. 낼 당장 하는 건 아니고, 준모도 집에 가서 승낙을 받아야 해."

양태민은 그럴 거지? 하는 표정으로 준모를 건너다보았다. 준모는 설핏 웃고 말았다.

식사가 끝나고 준모는 양태민을 따라 주방을 가로질러 안채로 갔다. 관이 놓여 있다는 기괴한 방이 몹시 궁금했다. 이불과 서랍장과 텔레비전이 놓인 작고 평범한 방이었다. 관은 눈에 띄지 않았다. 준모가 관을 찾고 있다는 걸 알고 양태민이 윗목 구석지기를 가리켰다. 거기에는 접은 병풍을 푸른 천으로 싸서 세워놓은 것 같은 사각의 물건이 곧게 서 있었다. 양태민이 천 한 귀를 들춰서 보여주었다. 민무늬의 송판이 보였다. 준모는 왠지 시시했다.

준모와 양태민은 한달쯤 시달린 끝에 기숙사에서 나왔다. 사감 선생과 지루한 상담이 이어졌다. 그들은 함께 움직이는 걸 들키지 않으려고 따로 행동했다. 사감 선생은 괴롭힘을 당하는지 궁금해했고, 종교 문제인지 추궁을 했으며, 마지막에는 기숙사를 나가면 성적 유지가 힘들어 장학생에서 탈락할 수 있다고 겁박했다. 새벽에 제공되는 영어 수학 특강도 받을 수 없게 되었다. 승낙해줄 때는 기숙사로 다시 돌아올 수 없으며 다른 친구들이 동요하지 않도록 학교에서 퇴실 조치를 내린 것으로 처리하겠다고 했다. 그걸 각서로 쓰고 부모 동의서도 받아 제출했다. 준모는 부모에게 양태민이 제 어머니에게 했던 말을 그대로 옮겼다. 양태민이 한주 먼저 나가고 준모도 곧 기숙사를 나왔다.

양태민은 생선 비린내가 진동하는 집에 방을 구해놓고 기다리고 있었다. 준모는 뭔가에 끌려오다시피 여기까지 온 상황이 몹시 혼란스러웠다. 양태민과의 우정밖에 보이지 않았고 그를 지켜주고 싶었다. 무서운 일이 계획되어 있었지만 준모는 양태민을 구할 수 있을 것 같았다. 자취방으로 옮긴 뒤 양태민은 손수건에 싼 과도를 제 책상에 버젓이 올려두고 지냈다. 그가 오늘이 디데이야, 하고 말할까봐 준모는 조마조마했다.

그러나 양태민은 쉽사리 움직이지 않았다. 제 아버지를 죽이겠다는 말도 쏙 들어갔다. 그러는 사이 자취 생활이 주는 피로감이 두 사람 사이를 서먹서먹하게 했다. 야간 자율학습에서 빠져가며 양태민은 뭔가를 끼적거리기 시작했고 소설을 쓴다고 했다. 그에게 그런 재주가 있는지 몰랐다. 밤늦게 돌아오면 설거짓거리가 그대로 남아 있고는 했다. 자정이 넘어 잠을 잤으면 싶은데 양태민이 불을 켜놓아 준모는 잠을 설쳤다. 바퀴벌레가 출몰했고, 어느 날 지은 밥이 퍼렇게 물들어 있었다. 바퀴벌레가 쌀자루에다가 똥을 눈 것이었다. 양태민은 자신은 더이상 밥을 먹을 수 없겠다고 말했다. 그럼 어떻게 할 거냐고 준모는 양태민을 바라보았다.

"학교 구내식당에서 사 먹을 거야."

학교에서는 기숙사생들을 위해 구내식당을 운영하고 있었고, 기숙사생이 아니어도 월 식권을 사면 이용할 수 있었다. 준모는 그럴 형편이 되지 못했다. 그냥 해보는 소린 줄 알았는데 양태민은 실제로 그렇게 했다. 방에 신문지를 깔아 쌀을 쏟아놓고 준모는 배신감이 들었다. 자신이 왜 이 고생을 하는데 그는 그따위로 행동하는지 화가 났다.

양태민이 교목 선생에게 뺨을 맞은 날 밤, 둘은 크게 다투었다. 양태민이 휴거가 일어나는 날 부처와 알라는 무엇을 하느냐는 질문을 던질 때 준모는 숨이 멎을 것 같았다. 드디어 그날이 임박했다고 그는 느꼈다. 양태민이 죄의식에 떨며 구원의 가능성까지 타진해보고 있는 게 틀림없다고 생각했다.

그날 밤 준모는 야간자율학습 시간이 끝나고도 교실에 더 남아 있었다. 양태민이 칼을 챙겨서 기다리고 있을 것 같았다. 어떻게 해야 할지 초조했다. 너무 심한 고문 같았다. 제발 자신을 두고 양태민이 혼자 떠났기를 바라기도 했다.

기진맥진해서 자취방으로 돌아왔을 때 방에는 불이 꺼져 있었다. 댓돌에는 운동화 양태민의 운동화 한켤레가 놓여 있었다. 준모는 좀 거친 손길로 전등을 켰다. 방바닥에서 양태민이 눈살을 찌푸리며 돌아누웠다.

"불 꺼."

책상에는 칼이 그대로 놓여 있었다. 이상스럽게 준모는 안도감보다 실망감이 들었고 화도 났다. 준모가 불을 끄지 않자 양태민이 씨, 하며 일어나 불을 껐다. 준모는 어둠 속에 가만히 서 있다가 다시 불을 켰다.

"불 끄라고!"

양태민이 드러누운 채 노려보았다.

"새끼가 입만 살아가지고."

준모는 쏘아붙였다.

"뭐?"

양태민이 자리에서 벌떡 일어나 앉았다.

"너 나한테 뭐라고 했어?"

"너는 내가 쉽지?"

"뭐 하자는 거야, 이 새끼가."

"나는 너한테 한번도 불 끄라고 요구한 적 없어. 근데 너는 뭐야? 내가 그렇게 쉽냐고, 새끼야."

"내가 너한테 뭘 어쨌는데?"

"뭘 어쨌냐고?"

준모는 으드득 이를 갈며 양태민의 책상에서 손수건에 싸인 칼을 잡았다. 손수건이 또르르 풀리며 칼이 방바닥으로 떨어졌다. 양태민이 흠칫 놀라며 벽에다가 등을 대고 물러났다.

그는 준모를 노려보며 말했다.

"도대체 왜 그러는데?"

준모는 윗옷을 걷어붙이고 배를 내밀었다.

"해봐, 새끼야. 용기 있으면 찔러봐."

양태민이 손을 저었다.

"이러지 마, 준모야."

"왜? 못하겠어? 넌 애초부터 그럴 마음이 없었어. 하나도 아프지 않았고 그냥 입만 나불거리는 놈이었어. 날 가지고 놀고 싶었던 거야? 그치?"

준모는 칼을 집어 들었다.

"죽이는 건 이렇게 해야 하는 거야."

그러고는 자신의 배에 칼끝을 댔다.

"미친 새끼야!"

양태민이 준모의 칼 든 손을 잡았다.

"이리 내."

그는 준모에게서 칼을 빼앗았다. 준모는 몸을 떨며 주저앉았다. 양태민이 울부짖었다.

"미친 새끼. 왜 나한테 그래?"

그는 울면서 방 밖으로 뛰쳐나갔다.

이튿날 양태민은 학교에 나타나지 않았다. 학교에서 돌아왔더니 양태민이 짐을 다 빼 가고 방에는 준모의 짐만 남아 있었다.

양태민은 장기 결석 끝에 자퇴하고 학교를 떠났다.

준모는 이 도시에 아직 끝내지 못한 자신의 시간이 남아 있는 걸 깨달았다. 그는 기억으로 구부러진 골목을 매일같이 걸었다. 말 잃은 우울한 아이를 앞세우고 걸었다. 아직 그는 집을 구하지 못하고 있었다. 모처럼 차가운 봄비가 내렸다가 그친 오후였다. 볕을 쬐며 걷자니 안타까운 마음이 일었다. 어느 날에는 이렇게 산책을 나섰다가 무사히 집으로 돌아오는 게 소원이 되겠지, 하는 마음이 들었다. 바람결처럼 인 감상은 양태민으로 이어졌다. 살아오면서 준모는 불현듯 괴목이나 부둣가를 가볼까 싶을 때가 있었다. 고등학교 시절에는 양태민에게 상처를 받았다고 생각했지만 차차 그 나이의 양태민이나 자신이 진심이었다는 생각이 들고는 했다. 그러니까 괴목에서든 부둣가에서든 양태민이 잘 살고 있다는 소식을 들었으면 싶었다. 준모는 그날 밤 양태민에게 벌인 행동이 부끄러웠다. 어떤 감상적인 마음은 단단하게 자라나 삶이 되기도 하므로 준모는 언젠가 양태민을 만날 수 있으리라는 생각이 들었다. 그도 자신을 찾고 있을지 몰랐다.

홍매화가 흐드러진 탐매마을을 지나면서 그는 어느 집 대문에 내놓은 돌절구에 매화 꽃잎들이 뜬 걸 보았다. 그는 돌절구 속을 오래 들여다보았다. 꽃잎 뒤로 제 얼굴이 떠 있었다. 이윽고 고개를 들었을 때 그 집 대문에 2층을 세놓는다는 방이 붙어 있었다.

준모는 세탁소에서 마침 주인집 허 노인을 만났다. 허 노인은 세탁소 노인과 얘기를 나누다가 흠칫 놀라는 표정으로 준모를 맞았다.

"아따, 퇴근하나베? 여봐, 이분이 우리 집 2층에서 지내는 김 교수여."

그는 호들갑스럽게 세탁소 노인 부부에게 준모를 소개했다. 평소 노인답지 않았으므로 준모는 세탁소 부부를 살피는 눈길로 바라보았다. 미싱 앞에 앉아 있던 할머니가 돌아보며 "하이고, 누가 모른다고 새삼스럽게" 하고 허 노인을 힐끔 훔쳐냈다. 허 노인은 준모에게 고개를 살래살래 저어서 다른 말 말고 어서 나가자는 신호를 보냈다. 준모는 영문을 몰라 아무 말 않고 외투부터 찾았다.

"인저 나 가네이."

하고 허 노인은 준모를 몰듯이 허겁지겁 따라나섰다. 골목 모퉁이를 돌았을 때 허 노인이 세탁소를 돌아보고는 준모에게 말했다.

"저 집 일이여."

"네?"

"세탁소 영감 아부지라니께, 이철호라는 양반이."

그제야 무슨 얘기인지 알아듣고 준모는 학교 일을 전했다.

"찾아보겠답니다. 서류들을 일일이 대조해야 한다니까 며칠 걸릴 것 같아요. 기다려보죠."

"그려. 기다려야지. 수고했소."

"근데 아버지 성함을 어떻게 모르실 수 있죠?"

준모는 궁금한 걸 물었다.

"아따, 이야기가 복잡해이. 정확히 말하면 저 영감 생부를 찾는 거여. 세탁소 영감 어무이가 영감 뱄을 때 그 일을 당했어. 인저 어무이는 일찌거니 개가를 해서 살았고. 저 영감탱이도 새아부지 성을 받어서 암것도 모르고 살았제. 어무이가 다 죽어감시롬 그걸 까놓았단 말여. 속 시원히 못 들어봐서 인저 찾을라니께 뭐가 되남. 할멈은 인저사 뭘 찾냐고, 자식들 앞길 개리지 말고 가만있으라고 난리고."

"자식들한테 무슨 해가 된다고 그래요. 특별법까지 만들었는데."

"긍게. 옛날 사람들이라 그랴. 답답하제. 암튼 저 영감은 명예회복이고 뭐고 바라지도 않어. 아부지 함자나 알아둘라는 거제. 그거이 그렇게 에러운 세상도 있다는 게 참 거시기해이."

대문 앞에 다다랐다. 노인이 준모를 돌아보며 말했다.

"김 교수, 여기서 고등핵교를 나왔드만?"

"네? 그걸 어떻게 아셨대요?"

"아까 세탁소 할멈이 글든마. 미싱 앞에 꿍하고 앉었어도 거기가 백통이여. 여기서는 아무도 조용히 못 살어."

준모는 갸웃했다. 언제 그런 이야기를 나누었는지 모른다.

이 동네에 자신을 아는 누군가가 살고 있다는 생각이 들자 무서운 듯 기분이 묘했다.

"아저씨."

하고 준모는 노인을 불러 세웠다.

"저기 팽나무 쪽에서 있었던 발굴 말예요."

노인은 뚱해 섰다가 이내 무슨 말인지 알아챈 듯했다. 준모는 노인을 따라 걸음을 떼며 말을 이었다.

"유해가 한구도 발굴되지 않았더라고요. 그렇게 많은 사람들이 목격하고 매장지도 특정이 됐는데 무슨 일일까요? 너무 오래돼서 유실된 걸까요?"

집이 가까워졌다. 노인이 고개를 돌려 골목을 훑고는 비밀스럽게 말했다.

"당시에 가족들이 남몰래 수습하지 않았겠어? 안 그랬을라고?"

준모는 망연해져서 고개 들어 하늘을 보았다. 그랬을 것이다.

"꽃이 지네이."

노인이 담벼락에 붙은 홍매화를 올려다보며 대문을 열어주었다.

이웃

"정글의 법칙 기분 나겠는걸."

진우가 솔숲을 둘러보며 말했을 때 아들은 헤벌쭉 웃었지만 지영은 표정이 썩 밝지 않았다. 해변의 솔숲 야영지는 여름내 피서객들이 남기고 간 쓰레기로 지저분했고, 주차장 언저리에 설치된 분리수거함은 넘쳐서 악취를 풍겼다.

무엇보다 키 큰 소나무 둥치마다 노끈이 묶여 너풀거리는 살풍경에는 눈살이 찌푸려졌다. 야영객들이 텐트를 고정하고 빨래를 널면서 남긴 흔적이었는데 알록달록한 노끈들이 너풀거리는 솔숲은 마치 성황당 같았다.

"이게 아닌데……"

아내 지영은 인터넷 쇼핑몰에서 배달받은 비치드레스 택배 상자를 열었던 때처럼 연신 고개를 저었다. 이 휴가

지는 그녀가 인터넷을 검색해 찾아낸 해변이었다.

지영이 진우의 손을 살짝 잡아당겼다.

"여보, 다른 데 찾아보자."

솔숲 너머로 모래 해변과 썰물 진 바다가 보였다. 모래 사장은 젖은 채 길게 펼쳐져 있었는데 길이가 삼백 미터는 돼 보였다. 소수의 캠핑 마니아들에게 입소문이 날 만한 해변이기는 했어도 하루 두번 드나드는 연락선에 차를 싣고 들어올 만한 곳인지는 의문이 들었다. 야영지의 무질서한 흔적으로 미루어 이 해변은 이제 대중휴양지나 다름없었다. 그러나 8월 중순의 해변은 겨울 해수욕장처럼 한산했다. 해변의 펜션에 투숙한 두 팀의 가족들과 이제 막 도착해 솔숲 야영지에 텐트를 치려는 진우의 가족밖에 없었다.

이윽고 야영장 관리인이 펜션 쪽에서 나타났다. 관리인은 사십대의 여자였는데 허리에 전대를 차고 정오의 더위에 숨을 헐떡거리고 있었다.

"예약한 분들이죠?"

지영이 그렇다고 말했다. 그러고 나서 그녀는 여자에게 물었다.

"다른 데는 없나요?"

"야영장은 여기밖에 없어요."

그러면서 그녀는 고개를 휘둘러 벼랑과 갯바위가 걸고 선 해변을 가리켰다. 오른쪽 해변 끝에 벼랑이 옴팡하게 들어가서 그늘진 지형이 보여서 진우는 저곳은 어떠냐고 물었다.

"어디가요, 만조 때면 물이 차는데."

진우와 지영이 난감하게 서 있자 관리인이 땀에 젖은 앞머리를 쓸어 올리며 말했다.

"그럼 빈방이 있는데 펜션을 쓰시든가요. 싸게 해줄게."

여자는 대실료를 말했고 지영이 고개를 저었다.

"아니에요. 캠핑 준비를 다 해 왔는걸요."

지영과 관리인은 야영장 자릿세를 계산했다. 예약금을 제하고 정산이 끝나자 관리인은 시설 이용에 대해 설명 했다.

"전기는 이따 애들 아빠가 설치해줄 거예요. 샤워장이 랑 화장실, 그리고 수도는 펜션 시설을 이용하시면 되고 요. 쓰레기랑 음식물 잔반은 저기로 내놓으시면 돼요. 바 비큐 그릴도 대여할 건가요?"

진우가 대답했다.

"그건 우리가 준비해 왔어요."

여자는 돌아서다 말고 덧붙였다.

"저기 그물 쳐둔 데 보이죠? 그 너머로는 텐트 치면 안 돼요."

그러고 보니 솔숲을 가로질러 무릎 높이로 회색 그물이 쳐져 있었다. 푯말도 보였는데 뱀이 출몰한다는 경고가 새겨져 있었다. 지영이 한숨을 내쉬었다. 관리인이 멀어지자 그녀는 날선 목소리로 중얼거렸다.

"이따위로 관리해놓고 돈은 다 받네."

진우네 가족은 그물에서 멀고 모래사장에 가까운 솔숲 한 자리를 치우고 야영 준비를 했다. 그들은 늦은 휴가를 왔고 살인적이었던 지난 무더위에 지쳐 있었다.

막상 텐트 폴대를 세우고 핀을 박자니 꿀꿀했던 마음이 가셨다. 지한은 집 짓는 기분을 내느라 텐트 치는 일을 신나게 거들었다. 아이는 여름내 기다린 하룻밤의 야영에 들떠 있었다. 아이는 이 야영을 '정글의 법칙'이라고 불렀는데 '병만족'처럼 현지에서 수렵과 채취를 하자고 졸랐다. 부부에게도 그건 꿈꿔온 일이었다. 연예인들처럼은 못해도 바닷가에 텐트를 치고 한두끼 정도는 갯것을 잡아 해결해보고 싶었다. 진우는 텐트 옆 소나무에 여행을 오기 전 장만한 2인용 해먹도 설치했다.

야영 준비가 끝나자 이들 가족은 조개 캐는 도구를 준비해 바다로 나갔다.

진우는 아내와 아이에게 깜짝 이벤트를 해주고 싶었다. 그는 오후의 땡볕을 걸어 해변 북쪽으로 갔다. 아까 관리인에게 텐트를 쳐도 괜찮은지 물었던 벼랑 쪽이었다. 거기다가 캠프파이어를 준비해볼 셈이었다. 벼랑 아래는 고운 모래가 깔려 있었고 물만 들지 않는다면 캠프파이어를 하기에 최적지였다. 사람들 눈에도 띄지 않을 만큼 한갓졌고, 곧게 솟은 바위가 숲을 막아서서 화재의 위험도 없었다. 특히나 귀를 기울이면 벼랑에서 바람 소리 같은 파도 소리가 울렸다. 가족을 앉혀놓고 옥수수와 감자를 구워 먹을 생각을 하자 그는 설레었다. 그는 해변에 흩어진 솔방울이며 삭정이를 모아서 불 피울 자리를 수북하게 만들었다.

야영지로 돌아와 젖은 수영복을 누군가 쳐둔 노끈에 걸 때 진우는 문득 이 숲에 왜 노끈이 많은지, 그걸 왜 사람들이 거둬가지 않았는지 이해가 되는 기분이었다. 그들도 처음에는 양심 없는 피서객들에게 분노하다가 쓸모를 알아채고는 떠날 때 뒷사람을 위해 두고 갔겠지. 그는 너그러운 마음마저 들었다.

해거름에 야영지에 이웃이 나타났다. 초등학생 딸 둘을 데리고 사내가 텐트를 치기 시작했는데 진우와 지영은 이웃이 생겨 내심 안심이 되었다.

그러나 이내 이웃 가족에게 엄마가 보이지 않는다는 사실을 깨닫고는 묘한 호기심과 함께 안타까워졌다. 진우와 지영은 해먹에 누워 야영을 준비하는 사내를 지켜보았다. 진우는 사내가 텐트를 칠 때 여차하면 가서 도와줄 요량이었는데 그럴 일은 일어나지 않았다. 자기 집 텐트보다 두배는 큰 거실형 텐트를 사내는 마술처럼 눈 깜짝할 새에 세워놓았다. 광고로 보던 원터치 자동텐트였다.

사내는 이내 집처럼 넓은 텐트로 야전침대를 조립해 들여놓았다. 말 그대로 제대로 장비를 갖춘 캠핑족이었다. 사내가 텐트 앞에 4인용 테이블을 설치했을 때는 진우도 머쓱해져서 지영에게 "우리도 저건 구비해야겠는데……"하고 말했다.

저녁을 준비하는 동안 아들은 이웃 텐트를 힐끔거리며 침대가 있어, 식탁이 있어, 선풍기도 있는데, 하며 속닥거렸다. 진우는 아이에게 무슨 구호처럼 "허허, 정글의 법칙!"하고 자꾸 들먹여야 했다. 그리고 그는 아내와 아이에게 미소 지으며 말했다.

"우리는 병만족처럼 감자와 옥수수도 구워 먹을 거야."

마침내 저녁이 되었다. 저녁 설거지를 마친 진우는 아내와 아이에게 산책을 가자고 꾀어 북쪽 해변으로 갔다.

"짜잔! 이건 처음이지?"

지영과 아이는 놀라는 눈치였다.

"이게 바로 캠프파이어야."

진우는 과장된 몸짓으로 땔감에 불을 붙였다. 금세 불길이 올랐다. 아이가 펄쩍 뛰며 외쳤다.

"아빠! 아빠!"

"왜?"

"하지 마. 무슨 짓이야? 얼른 꺼! 불난단 말야!"

의외의 반응에 당황해서 진우는 불 자리에서 물러났다. 안전하다고, 아빠와 엄마가 있으니 걱정 없다고, 정글의 법칙을 보지 않았느냐고 안심을 시켜도 아이는 막무가내였다.

"이러다가 잡혀간단 말이야!"

끝내 아이가 울먹거렸다. 진우는 모래로 불을 덮었다. 지영이 깔깔거리며 말했다.

"우리 지한이가 학교에서 소방교육을 제대로 받았네."

밤은 무덥고 아이는 잠자리에서 뒤척였다. 아이가 텐트

밖을 바라보며 잠꼬대처럼 중얼거렸다.

"저 집은 영화 본다."

무슨 소리인가 싶어 부부가 내다보았더니 이웃 텐트에서 미니 빔 프로젝트로 애니메이션을 보고 있었다. 부부는 눈을 마주쳤고 서로 마음이 불편한 걸 알아챘다. 이웃과 비교하는 데서 불행이 온다고 이들 부부는 십년 넘게 얘기하고 있었다. 진우는 아내가 그 사실을 지금 이 순간 까먹을까봐 두려웠다. 지영이 아이를 껴안고 돌아누웠다. 아내는 부채질을 해주며 무슨 비밀을 들려주듯 아이에게 속삭였다.

"그래도 네게는 엄마가 있잖아."

그 말을 들었을 때 진우는 서늘해졌다. 자신의 불편한 마음이 이웃의 결핍 탓이었다는 걸 깨달은 것 같았다. 그는 불행한 이웃으로부터 등을 돌려 아내와 아이의 어깨에 손을 얹으며 차오르는 안도감을 느꼈다.

이튿날 아침 텐트를 거둘 무렵까지 이웃 텐트는 조용했다. 해먹을 거둘 무렵 뒤에서 인기척이 나 진우는 깜짝 놀랐다.

"떠나시게요?"

이웃 사내가 가위를 들고 서 있었다. 그 풍경이 사뭇 괴기스러워서 진우는 잔뜩 긴장했다. 그러나 이웃 사내는 몸을 돌려 제 텐트 앞 소나무에서 너풀거리는 노끈을 잘라냈다. 어디에 쓰려고 그러나 싶었는데 사내는 다음 소나무로 옮겨갔다. 사내는 야영지를 돌며 소나무에 매달린 노끈들을 제거해나갔다. 그가 무슨 짓을 하는지 자명해지고 나서 진우는 왠지 쫓기는 마음이 되어 서둘렀다.

진우는 짐을 옮기면서 줄곧 말이 없었다. 그건 지영도 마찬가지였다. 부부는 차에 오르며 아직도 숲을 거닐며 노끈을 제거하는 사내를 한참 바라보았다. 그는 유유자적 휘파람을 불며 그 일을 하고 있었다. 방금 그들이 빠져나온 숲이 맞나 싶게 숲은 달라 보였다. 이윽고 지영이 고개를 돌려 진우에게 말했다.

"우리 너무 자책하지 말자. 저 사람이 그냥 멋진 일을 하는 것뿐이야."

섬으로 가는
엉뚱한 여행

봉안당 돌문이 닫혔다.

형과 나는 사흘간 얼굴을 익힌 유씨(俞氏) 문중 일가에게 작별인사를 했다. 마을회관에 점심이 차려졌다고 노인들이 붙들었다. 우리는 양해를 구했다. 할 만큼 했다는 생각이 들었다. 나는 작은 돌기와집 같은 봉안당을 돌아보았다. 봉안당은 산자락에 층층이 앉은 밭들 가운데, 마을이 내려다보이는 높고 양지바른 곳에 자리를 잡고 있었다. 5년 전 아버지를 면회시키느라 시골에서 고모를 모셔왔을 때 고모는 문중 납골당을 새로 단장해서 고숙을 이장했다면서 "구신들 아파트가 따로 없더라"고 전했다. 표정이 홀가분했으므로 노인이 묵은 숙제를 해치웠구나 짐작했다.

그때 고모가 아버지를 면회한 길도 그런 유가 아니었

을까? 아버지는 요양원에 누워 사람을 알아보지 못하고 지낸 지 한해가 넘었고 고모는 이제야 왔다면서 면구스러워했다. 죄송한 마음은 우리 형제도 마찬가지였다. 진작 모실 생각을 왜 못했을까. 미애 누나가 딸이 사는 미국으로 떠난 후 고모는 서울 올라오는 일이 뜸했다. 한번은 심장 스텐트 시술을 받으려고 입원했을 때 찾아뵌 적이 있었는데 그때도 퇴원할 때가 다 돼서 연락을 해왔다.

병상에 누운 아버지를 두고 고모는 면회 전에나 안타까워했을까 막상 병실에 들어서서는 당신의 동생 손을 잡고, 인저 마음 편히 가소, 하는 소리까지 하며 덤덤했다. 나는 죽음에 순응한 사람들의 모습을 지켜보는 것 같았다. 숙제라고 말하면 야박할지 모르지만 이미 죽음으로 기운 동기간에 그런 작별의 시간도 애틋하니 쓸쓸했다.

그 사자들의 아파트라던 곳에 이제 고모가 차례나 된 듯 입주한 것이다. 나는 나대로 홀가분한 마음이 없지 않았다. 미애 누나를 대신한 마음이 들었고, 이제 고모를 마지막으로 친가와 외가 쪽에 더 살아계신 어른은 없었다.

유씨 집안 장조카가 묘원 입구까지 배웅을 나왔다. 인근 조선소에 다닌다는 그는 미애와는 사촌간이었다. 그는 장례식 내내 상주 노릇을 해주었다. 미애 누나를 대신한 사람은 형과 내가 아니었다. 여기 사람들이 "민구"하고 이 사내를 예사로 부르고 찾았다.

"사십구재 때 올랍니까?"

그가 물었다. 형이 나를 건너다보며 난처한 표정을 짓고는 대답했다.

"다음에 미애 들어오면 다시 오겠습니다."

"이것저것 정리하자면 이제 누님이 한번 나오셔야 할 텐데요……"

미애 누나가 입국하기 쉽지 않으리라는 건 누구나 알았다. 형은 명함을 꺼내서 볼펜으로 직장 이름을 긋고 그에게 건넸다.

"도울 일 있으면 연락 주세요. 미애한테 보낼 물건들이 있는지 집을 둘러보고 가렵니다. 뭐가 있으려나 모르겠지만."

우리는 민구씨와 헤어진 후 마을로 내려와 곧장 고모 집으로 향했다. 설을 쇤 지 얼마 되지 않았는데 남쪽은 날씨가 푸근했다. 나는 넥타이를 풀고 재킷을 벗어서 골목길에 세워둔 자동차 운전석에 던져두었다.

기억에 박제된 채 그대로 남은 작고 초라한 농가. 마루와 부엌과 수돗가를 손보기는 했으나 고모의 살림은 닳을

대로 닳아 있었다. 안마당 낮은 돌담 너머로 텃밭이 면해 있었는데 두고랑이나 비닐 멀칭을 한 마늘밭이 보였다. 어린 시절 고모 집에 오면 고모는 저 텃밭에서 허리를 세우고 맞을 때가 많았다. 해마다 늦봄에는 햇마늘을 한자루씩 보내와 우리 형제가 나눠 먹고는 했다. 고모는 사십 년 넘게 이 집을 홀로 지켰다.

형은 안방 문을 열고 들어갔고, 나는 툇마루에서 몸을 틀고 앉아 열린 문으로 천장 낮은 그 속을 들여다보았다. 비뚤어진 기둥 골격이 도배지로 드러난 윗목 바람벽에는 미애 누나의 결혼사진과 손녀, 증손녀 사진 액자가 서너 개 걸려 있었다. 백인 혼혈 아이 사진은 증손녀인 모양이었다. 그 옆에는 더 크고 낡은 액자가 걸려 있었는데 작은 흑백사진까지 섞어서 모자이크처럼 넣은 액자였다. 옛집에 하나씩 걸려 있곤 하던 골동품 같은 그 사진틀을 나는 유심히 치어다보았다. 거기에는 미애 누나의 조부모가 있었고, 전통혼례를 올리는 고모와 고숙이, 중학교를 졸업하는 미애 누나와 일찍 떠난 고종사촌 선길이 군복을 입고 있었다. 부두에서 하역노동을 하던 고숙은 마흔을 갓 넘기고 사고로 돌아가셨는데 사진을 보자니 막걸리 냄새를 풍기며 반기던 생전 모습이 선했다.

나는 몸을 틀어서 바로 앉았다. 고모는 이 작은 방에서 아이 둘을 낳고 남편을 보내고 또한 홀로 지내다가 눈을 감았다. 배우자 보낸 자리에서 늙어가는 삶을 모르지 않지만 마치 그 사실을 처음 깨달은 양 나는 먹먹했다. 노인들이 집에서 죽는 게 소원이라는 말을 입에 달고 산다. 고모를 생각하니 외려 못할 일이라는 생각마저 들었다.

마당 빨랫줄에는 일 바지며 수건, 양말이 몇점 걸려 있었다. 고모는 사람이 사는 집처럼 살림을 너무 감쪽같이 꾸며놓고 가신 것 같았다. 나는 장례식 동안 처음으로 눈시울이 달아올랐다. 수돗가로 물러나 바구니를 챙겨서 빨래를 걷었다.

내가 빨래바구니를 마루 구석에 올려놓을 때 형이 방에서 나왔다. 빈손이었다. 무슨 앨범이나 가방 하나는 챙겨 나오리라 짐작했던 나는 형을 빤히 쳐다보았다.

"손댈 엄두가 안 나네."

형이 난감한 얼굴로 말했다.

"막상 챙기려니까 이것도 눈에 밟히고 저것도 눈에 밟히고, 또 보자니 챙길 만한 게 하나도 없는 것 같기도 하고 그렇다."

형은 무슨 어려운 시험이라도 치르고 나온 사람처럼

말했다.

"미애 누나가 뭘 부탁한 건 아니고요?"

형은 고개를 저었다.

"와보지도 못한 마음이 짠해서 뭘 좀 챙겨둘까 했지."

"저건 어때요?"

나는 안방 사진들을 흘끔 바라보았다.

"괜한 짓 같아."

나는 형의 마음을 이해했다. 형은 은퇴를 앞두고 부쩍 공허해하고, 그게 부산스럽게 보일 정도였다. 우울해한다는 소리가 아니다. 외려 활력이 생긴 듯도 한데, 형은 어떤 일에 의미를 부여한다거나 체면치레, 책임감 따위에서 벗어나고 싶어했다. 어쩌면 3년 전 아버지가 돌아가시고 나서 부쩍 그런 변화가 온 듯하다. 변화라기보다 강박적인 다짐에 쫓기는 사람처럼 보였다. 자기 인생을 살겠다는 형의 마음이야 나도 반기는 것이지만 왠지 형이 큰 허방을 밟고 선 사람 같고, 그 태도에서 노쇠하고 지친 기색마저 풍겨서 가끔 낯설어지기도 했다. 그러니까 유품 따위는 부질없다는 말처럼 들렸다. 미애 누나도 그럴까 싶었지만 이미 마음을 앞지른 형은 자신을 냉정하게 다그치고 있는 듯 보였다.

어쩌면 형과 나는 누나에게 한치 건넌 친척일지 몰랐다. 그렇게 되고 마는 외가와 친가라는 거리는 서글픈 마음을 불러일으켰다. 유산과 유품을 정리하는 일은 이제 유씨 일가붙이들에게 맡기는 게 순리일 듯했다. 그 듬직한 장조카 민구씨가 어련히 알아서 해줄까.

"고모가 개나 고양이를 키우지는 않았겠지?"

형이 한결 가벼워진 목소리로 집을 둘러보며 물었다.

형은 부엌문을 열어보고 마당도 둘러보았다. 말 그대로 이사 가는 사람처럼 마지막으로 한번 둘러보는 몸짓이었다. 형이 유자나무 앞에 서더니 가지 벌어진 데에 걸려 있던 뭔가를 들어냈다. 호미만 한 연장이었다. 갯바위 같은 데서 굴을 따는, 이 고장에서는 조시게라고 부르는 연장은 뭉툭하게 닳고 녹슬어 있었다. 형은 연장을 여봐란듯이 들어 보였다. 나는 그걸 표준말로 뭐라고 이르는지 몰랐다.

"이런 조새 같은 건 이제 만들지 않을 거야?"

저걸 조새라고 부르는구나. 형은 뭐든 정확한 이름을 찾아서 익히는 버릇이 있었다. 형은 그걸 챙기려는 눈치였다. 비닐봉지 같은 걸 찾았다.

"설마 미국에 보내려고요?"

"내가 가지려고."

나는 한소리 하지 않을 수 없었다.

"이제 은퇴하면 골동품 수집하려우? 괜히 형수한테 지청구 듣지 말고 그냥 둬요."

"어렸을 때 고모가 지어준 내 별명이 이거였어."

"조새였다고요?"

"조시게. 딱 조시게라고 해줘야지 맛이 나는 별명이었어. 이마랑 뒤통수가 툭 불거진 데다가 고집도 세서 누구든 트집만 잡히면 사정없이 쪼아댔거든. 미애가 많이 당했지."

형 성미가 그랬다고? 아마 나는 그런 표정을 지었을 것이다. 형이 망연해진 눈빛으로 읊조리듯 대꾸했다.

"이상하게 미애만 만만했거든."

형은 가을운동회 때 에피소드를 이야기했다. 형이나 미애 누나가 그날 일을 여러차례 얘기해서 나도 잘 아는 이야기였다. 형과 미애 누나는 동갑으로 초등학교와 중학교를 함께 다녔다. 형이 청백전 계주 주자로 나섰다. 형네 팀이 앞서 나가고 있었고 형은 마지막 주자였다. 바통을 받고 치고 나가던 형이 그만 발이 꼬이면서 넘어지고 말았다. 형은 몸을 일으켰지만 놓친 바통을 얼른 찾지 못했다.

마침 미애 누나가 여자 팀 주자로 운동장에서 대기하고 있다가 뛰어가서 바통을 주워다가 형에게 건넸다. 팀이 청백으로 서로 갈린 남자애와 여자애가 그러는 모습이 신기하고 재밌었는지 학부모들까지 모인 응원석이 웃음바다가 되었다. 형은 절뚝거리며 꼴찌로 완주했다. 미담 같은 얘기지만 그때 형은 쥐구멍에라도 들고 싶을 만큼 창피했다. 가뜩이나 그날 이후로 남자애들이 미애와 형이 사귄다고 놀려댔다. 사촌간인지 빤히 알면서도 놀림감에 목말라하는 애들이 가만두지 않았다. 그래서 형은 미애를 막 대했다고 한다. 근처에는 얼씬거리지도 못하게 했다.

"고모가 속상해했어. 사촌간에 더 잘해줘야지 미애를 왜 괴롭히냐고. 돌이켜보면 어려서부터 미애는 누나 같았어. 애가 크기도 했지만 정이 많아서 저학년 때부터 내가 많이 의지했던 것 같아. 그 일이 있고 나서 내가 미애를 몰풍지게 대한 것도 어려서 그랬겠지. 가족한테 스트레스를 푸느라 못되게 구는 애들 있잖아. 때마침 사춘기가 시작되기도 했고."

형은 부엌에서 비닐 봉투를 꺼내다가 연장을 담았다. 귀한 걸 챙기게 돼서 뿌듯한 모양이었다.

집을 나서서 우리는 잠시 집을 돌아보았다.

나는 철문을 닫고, 옆에 놓인 블록 벽돌을 끌어다가 문을 괴었다. 생전에 고모는 그렇게 집을 단속하고 긴 외출을 하였을 것이다.

우리는 항구로 내려와 목욕탕으로 갔다. 다른 계획은 없었다. 상갓집 냄새를 벗고 한갓지고 느긋하게 점심을 먹고 돌아가도 좋을 것 같았다. 목욕탕은 해수탕이라는데 샤워기에서 쏟아지는 물은 짜고 탁했다. 대낮에 손님 없는 욕탕에 몸을 담그고 있자니 사흘간 쌓인 피로가 몰려왔다. 어렸을 때도 이 목욕탕이 있었을까? 혹여 있었대도 와보지는 못했을 것이다. 어머니는 늘 부엌에 큰 고무통을 놓고 우리 형제를 목욕시켰으니까.

형은 몸을 지지는 사람처럼 지그시 눈을 감고 있었다. 염색한 머리는 숱이 성기고 이마가 벗어져서 부쩍 나이 들어 보였다. 평생 공무원으로 지낸 형은 지난달부터 공로연수에 들어갔다. 한해 동안 출근하지 않으면서 월급쟁이 생활을 하는 것이다. 형은 이것저것 해보고 싶은 걸 목록으로 만들어놓고 있었다. 팬데믹으로 해외여행은 나가기 힘들어서 형이 짠 목록에는 코스가 여덟개인 서울 둘레길 완주, 자전거 국토장정이라든가 기타, 스킨스쿠버,

요리 배우기 따위가 있었고, 맛집 투어 같은 것도 있었다. 1년 계획으로는 턱없이 많아 보였다. 한달 남짓한 시간 동안 무엇을 얼마나 해냈는지 모른다.

"뭐 그런 게 대수라고."

형이 잠꼬대처럼 중얼거렸다. 그래놓고 눈을 떴다.

"고모 말이야."

형은 한숨을 내쉬었다.

"자기 팔자 탓에 지혜가 외국인 사위 만났다고 속상해하셨어."

지혜는 미애 누나의 외동딸이었다. 미국으로 유학 가서 만난 캐나다 사람과 결혼해 덴버에 살고 있었다.

"팔자요?"

"왜 우리 집안 내력 있잖니? 외모 콤플렉스."

"고모가 그런 말씀도 하셨어요?"

"손녀가 결혼할 때도 그랬고, 미애가 애들 따라 미국 들어간다고 했을 때도 그랬지. 지난 설에 전화 드렸을 때도 그러더라. 자식 못 보고 사는 신세가 처량했겠지."

나는 처음 듣는 소리였다.

"그런 억지가 어딨어요. 이국적인 외모를 가져서 외국인과 결혼했다는 게 말이 돼요?"

"글쎄 말이다. 근데……"

하고 형이 살짝 눈을 뜨고 말을 이었다.

"고모 영정사진 보고 있자니 진짜 고모가 우리나라 할머니 같지 않더라. 뭐라고 해야 할까. 호세피나 할머니라 불러도 될 것 같고, 리아 할머니라고 해도 될 것 같더란 말이지."

"형도 그렇게 생각했어요? 나도 그 생각했는데……"

"그렇지?"

우리는 웃었다. 형의 얼굴로 햇살이 사선으로 떨어지고 있었는데 밝은 갈색 눈이 충혈되어 보였다. 내 눈빛도 그럴 것이다. 그건 우리 집안사람들이 가진 외모적 특징이었다. 피부색이 유난히 희고 어렸을 때는 머리색도 갈색이었다. 그래서 우리는 아이가 태어나면 눈동자 색깔부터 살피는 버릇이 있었다.

"난 튀기라고 엄청 놀림받고 자랐잖아."

내가 말했다.

"너만 그랬을까? 나는 노인네들한테 아이노코라는 소리도 들었어."

"그건 뭔 소리래요?"

"일본말 있잖아. 한번은 돼지를 두고 아이노코라고 하

는 걸 듣고는 깨달았지. 잡종이라는 소리였어."

우리는 허탈하게 웃었다. 형이나 나나, 그리고 미애 누나는 외모로 받은 상처나 일화를 얘기하자면 밤을 새워도 부족할 거였다.

"나하고 미애를 놀리는 애들이 노랑 눈 애들끼리 얼레리꼴레리, 하고 놀렸지. 그 소리가 그렇게 싫었어."

그건 아버지나 고모도 그랬을 것이다. 그런 눈에 띄는 외모는 이제 형과 나, 그리고 우리 자식들에게 더이상 문제가 되지 않는다.

"정말 이제 아무 문제도 아닌데 말이죠."

"그래. 그게 뭐 대수라고. 이렇게 우스갯소리가 됐는데. 우리 결혼 때 이야기 들었어? 장모님이 웨딩사진 들고 마을회관에 갔다가 이웃 노인들이 사위가 외국인이냐고 물어서 안사돈 사진을 다시 들고 가서는 오해를 풀었다잖아."

그건 여러번 들어서 알고 있는 얘기였다. "내가 말이야……" 하고 형이 탕에서 상체를 세웠고 물결이 몰려왔다.

"재밌는 걸 추적했어."

나는 장난기 어린 형을 물끄러미 바라보았다.

"넌 우리 집안 선조들한테 무슨 일이 일어났는지 궁금

하지 않았어? 내력 말이야. 나는 항상 그게 궁금했는데."

"그건 또 뭔 소리예요? 외국에서 온 뿌리라도 찾았다는 말이에요?"

"거의⋯⋯"

나는 장난이 어디까지 가는가 보자는 눈빛으로 형을 바라보았다.

"하멜 있잖아? 네덜란드 상선이 제주에 표류해 왔을 때 선원이 서른네명이었어."

"하멜이 우리 조상이라고요?"

"좀더 들어봐. 그들은 조선에서 무려 11년이나 억류되어 있었어. 서울로 압송되고 강진에 억류되고 또 기근이 와서 여수, 순천 등지로 분산되고 하면서 최종 스물두명이 살아남았지. 하멜 따라 일곱이 탈출하고 그 뒤에 일곱은 송환되었어. 그러면 일곱이 남지 않아? 그들은 어디로 갔을까? 조선에 남았다는 거야. 결혼도 하고 어쩌고 하면서 되돌아가길 거부한 거지. 이들은 병영 남씨(兵營南氏) 성을 받고 살았대. 그 후손들이 강진 일원에서 마을을 이루고 살았는데 1730년에 나주 지방으로 집단이주를 시켰다더라고."

"그런데 그게 우리하고 무슨 관련이 있다는 거예요?"

"비화도(祕話島)라는 섬 알지?"

"비화도라면 여기 근해 섬 아니에요? 증조할아버지가 나오셨다는 섬. 거기 가면 우리 집안 집성촌이 있다고 아버지가 늘 말씀하셨지."

"그래. 가는개라는 곳이지. 아버지가 큰아버지랑 가을이면 문중 시제를 지내러 다녀오곤 하셨지. 요새는 지자체 홈페이지 들어가면 마을 유래들이 나오더라. 언제 아무개 성씨가 입도해 세거했는지 자료가 죽 뜬단 말이야. 내가 그걸 찾아내서 역추적을 해봤어. 우리 할아버지 한분이 비화도로 입도한 게 1730년이야. 집단이주가 있던 해."

아직도 나는 무슨 말인지 가늠이 되지 않아 형을 물끄러미 바라보았다. 형이 공로연수에 든 한달 동안 한 일이 저 일이지 싶었다.

"자, 봐봐. 우리 할아버지 중 한분이 그쪽 후손인 처녀랑 사랑에 빠졌다고 쳐. 혼혈인들을 대하는 조선 사회가 어땠을까? 어디까지나 내 추론인데 나주로 집단이주할 때 혼혈인을 아내로 맞은 할아버지가 그 섬으로 도주를 한 것 같아. 세상눈을 피해 살아보려고."

급기야 나는 웃고 말았다.

"완전 소설이네."

"개연성이 있는 것 같지 않아? 그래서 말인데 그 섬마을에 가보면 우리같이 생긴 사람들이 좀 있지 않을까? 그것만 확인되면 삼백년 된 비밀이 풀리는 거지."

"우리처럼 생긴 사람들이 있을 거라고, 그 섬에?"

형은 단호하게 고개를 끄덕였다.

"나는 딱 보면 알 것 같아."

우리는 섬으로 가기로 했다. 기왕 여기까지 왔는데, 아주 먼 곳도 아니고 뱃길로 한시간도 걸리지 않는 비화도로 가기로 했던 것이다. 우리는 급히 씻고 목욕탕을 나왔다.

배편은 오후에 두차례 남아 있었다. 가까운 배 시간은 오십여분 뒤에 출발하는데 귀항하는 배편이 문제였다. 막배를 타려면 빠듯이 두시간 만에 섬을 둘러보고 와야 한다는 계산이 나왔다. 여객선에는 차를 실을 수 있었다. 차를 갖고 들어간다면 두시간이면 수수께끼를 푸는 데 충분할 것 같았다.

우리는 배표를 사고 나서 인근 장어탕집에서 허겁지겁 점심을 먹었다. 뜨거운 음식에는 숟가락이 더딘 나는 반이나 남겼다. 형은 그릇을 깨끗이 비우고는 주머니에서 수첩을 꺼냈다. 그러더니 글씨가 빽빽한 페이지를 펼쳐서 볼펜으로 동그라미를 쳤다. 나는 고개를 빼 수첩을 들여다보았다.

"여기서 장어탕 먹어보는 것도 버킷리스트요?"

형은 고작 맛집 서너개에만 동그라미를 쳐놓고 있었다. 나는 장난스럽게 물었다.

"혹시 뿌리 찾기도 목록에 있어요?"

"아니. 너무 큰 소원은 소원이 아니지."

우리는 객실에서 나와 바람을 등지고 왼편 갑판으로 갔다. 붙박이 벤치가 놓여 있어서 형과 나는 나란히 앉았다. 배는 금세 항구에서 달아났다. 섬, 섬, 섬…… 다도해의 호수 같은 바다가 섬들을 젖히며 또다른 호수를 내놓았다. 김 양식장이 많아 바다는 물 잡아놓은 논 같기도 했다. 형이나 나나 고향에서 배를 타고 나가보는 일은 처음이었다. 서울 쪽만 바라보고 살아서 등 뒤에 뭐가 있는지 몰랐다고 해야 할까. 저 섬마다 깃들어 사는 인생들이 있다고 생각하니 울적한 마음도 들었다. 제 눈에 보이는 것만 세상이라고 살아온 나로서는 막막한 기분에 빠져들었다. 형의 이야기가 터무니없더라도 삼백년 전 섬으로 들어간 남녀의 존재를 믿고 싶어졌다. 정말로 그들이 내 뿌리였으면 싶었다.

배 후미에서 대여섯살쯤 되어 보이는 아이가 우리 쪽 갑판으로 뛰어왔다. 얼굴이 점퍼의 북슬북슬한 털 후드에 묻혀 있었는데 아이가 고개를 쳐들고 우리에게 수줍게 웃어 보였다. 원래부터 신이 나서 웃고 있었는지 모른다. 그 애는 다른 나라 아이로 보였다. 나는 중앙아시아 쪽이라는 걸 알아챘다. 아이는 금세 몸을 돌려 난간에 부츠 신은 발을 하나 올리고 바다를 바라보았다.

"바다야! 바다!"

하고 아이는 소리쳐 바다를 불렀다. 형이 입을 벙그리며 아이에게 말했다.

"와, 우리말 잘하네!"

아이가 돌아보았다. 형이 아이에게 물었다.

"어디서 왔어?"

"구미요."

"이 녀석 귀여운 것 좀 봐. 어느 나라에서 왔어?"

아이는 낯선 질문을 받은 듯 입술을 삐죽이며 수줍게 웃었다. 나는 난처한 마음이 들어서 형을 제지하고 싶었다. 그럴 틈도 없이 아이가 나타난 후미 쪽에서 초로의 외국인 부부가 나타났다. 여자는 새우깡을 들고 있었다. 부부는 자기 손녀와 우리들이 어울려 있는 걸 보고 눈인사를 했다. 아이가 낯선 외국어로 제 할아버지와 할머니에게 속삭였고, 할머니가 어눌한 한국말로 우리에게 대답을 돌려주었다.

"우즈벡."

"아, 우즈베키스탄."

형이 그래놓고 다시 아이에게 손녀 대하는 말투로 물었다.

"어디에 가?"

아이가 제 할아버지 손에 매달려서 말했다.

"엄마 아빠 만나러 가요."

"엄마 아빠가 섬에 사셔?"

아이가 고개를 끄덕였다.

"와, 좋겠다."

형이 손을 흔들었다. 아이도 손을 흔들며 제 할아버지와 할머니를 따라 객실로 사라졌다. 나는 화가 나서 형에게 말했다.

"실수했어요."

"무슨 실수?"

형이 웃음기를 거두고 뜨악한 얼굴로 물었다.

"애한테 그런 걸 묻고 그래요?"

"뭘? 어디서 왔냐고 묻지도 못해?"

"딱 보니 한국에서 태어나서 자란 아이 같구만. 애가 그런 질문을 얼마나 많이 받았겠어요. 앞으로 숱하게 시달리겠지. 뒤에는 자문도 할 테고."

"너, 참…… 요새는 무슨 말을 못하겠어. 세상이 너무 예민해."

고개를 똑바로 틀고 앉은 형은 기분이 몹시 상한 것 같았다.

"그게 아니고요. 형이 친근하게 대하려는 건 알겠는데 지나친 관심이라는 거죠."

"그만해라. 애가 귀여워서 말 좀 붙였더니 아주 나를 인종차별 하는 꼰대 취급하네."

나는 할 말이 많았지만 더는 말을 붙일 수 없었다. 형이 슬그머니 일어나서 객실로 사라졌다. 괜한 소리를 했다는 후회가 밀려왔다. 바람이 차서 객실로 들어갔으면 싶었다. 나는 어깨를 떨면서 화물칸으로 내려가 자동차로 기어들어갔다.

사십분 만에 멀리 비화도가 모습을 드러냈다. 높다란 해안절벽을 두른 요새 같은 섬이었다. 그래서 숨어 지내기 좋아 보였다. 사연 가진 남녀라면 이곳으로 오지 싶었다. 나는 운전대에 턱을 괴고 뒤로 밀려나는 산성 같은 절벽을 바라보았다.

절벽이 끝나고 물로 미끄러져 들어간 발등처럼 완만한 구릉이 나타났으며 그 끝에 방파제와 선착장이 매달려 있었다. 선착장에는 배 시간에 맞춰 나온 사람들과 차량이 몰려 있었다. 형은 차에 오르지 않고 하선을 기다리는 사람들 틈에 서 있었다. 아직도 화가 풀리지 않은 눈치였다. 분위기를 어떻게 풀어볼까. 나는 손바닥으로 얼굴을 문질렀다.

여객선이 선착장으로 들어가면서 큰 파도를 일으켰는데 파도가 선착장 비탈에다가 무슨 고기떼를 부려놓았다. 은박지 조각을 뿌린 듯 손가락만 한 고기떼가 시멘트 바닥에서 파닥거렸다. 누군가 멸치라고 외쳤다. 멸치떼는 마치 조업에서 돌아온 어선에서 삽으로 떠다가 널어놓은 듯했다. 선창에 선 사람들이 사태를 파악하고 삽시간에 비탈을 내려왔다. 하선을 기다리던 승선객들도 뛰어 내려가서 금세 엉켜서 멸치를 주웠다. 구경거리였다. 나는 시동을 걸어놓은 차에서 내려 잰걸음으로 뱃전으로 갔다. 멸치 줍는 사람들 틈에서 형을 발견했다. 형은 두 손 가득 산 멸치를 주워 들고는 어쩔 줄 몰라하고 있었다.

"형!"

하고 나는 소리쳤다. 형이 나를 발견하고는 거기서 뭣 하느냐는 표정으로 두 손을 들어 보였다. 나는 허겁지겁 차로 돌아와 트렁크를 열었다. 마땅하게 담을 그릇이 보이지 않았다. 조새를 싼 검은 비닐봉지가 눈에 띄어서 나는 그걸 비운 다음 운전석에서 텀블러까지 챙겼다.

형에게 비닐봉지를 안기고 나는 텀블러에다가 멸치를 주웠다. 멸치를 주워 무엇을 할지 생각지도 않고 군중심리에 휩쓸려서 나는 욕심껏 멸치를 주워 담았다. 그새 텀블러가 가득 차서 나는 몸을 일으켰다. 순식간에 멸치들이 사라지고 조류 낀 시멘트 바닥이 드러나 있었다. 사람들이 하나둘 자리를 떴다. 형도 비닐봉지를 들고 열감을 식히듯 우두커니 서 있었다.

긴 장화를 신고 다리를 저는 사내 하나가 양동이를 들고 나에게 다가왔다. 여객선에서 차량 선적을 유도하던 선원이었다. 그는 아무 말 없이 내 손에서 텀블러를 빼앗아갔는데, 그걸 양동이에 털어내고는 돌려주었다. 나는 눈이 똥그래져서 그를 쳐다보았다. 그는 형에게 다가가서 비닐봉지째 거둬갔다. 사람들은 영문을 몰라서 우두커니 서 있었다. 그는 선착장을 돌며 그 짓을 해나갔다. 어떤 사람은 손아귀 가득 쥐고 있는 것을, 어떤 사람은 운동화에 담은 멸치를 그렇게 내놓았다. 그건 수거나 다름없었다. 선원이 작업을 끝내면서 모두 들으라는 듯이 한마디 읊조렸다.

"바다 것은 섬사람들한테 돌려줘야지. 이런 것까지 가져가면 쓰나."

그러고 보니 그에게 멸치를 앗긴 손들은 하나같이 외지인들로 보였다.

선원은 양동이를 여객선 뱃전에 내려놓고, 차량 하선을 시작했다.

나는 빈 텀블러를 들고 홀린 사람처럼 서 있었다. 형도 어안이 벙벙해서 서 있었다. 파도가 멸치를 토해낸 것도 순식간의 일이었지만 그걸 앗긴 것도 정신을 차릴 수 없을 만큼 순식간에 일어난 일이었다. 섬 주민으로 보이는 아주머니가 멸치를 주워 담은 작은 소쿠리를 들고 서 있었다. 나는 궁금해서 물었다.

"이런 일이 많나요?"

"벨로 없어요. 우리도 어짜다가 구경한 거제. 회 한 사라는 나오겠네."

아주머니는 선착장 뒤로 물러나 있는 편의점으로 느릿

느릿 걸어갔다.

"형, 서둘러야겠어요. 이십분이나 허비했어요."

나는 형을 이끌고 배로 올라 차에 탔다.

차를 부두로 끌고 나왔을 때 그제야 정신이 들듯 형이 뒤를 돌아보며 말했다.

"와, 저런 불한당이 있나."

나는 아예 입을 잃은 사람처럼 운전만 했다. 잠시 후 형이 입을 다시며 다시 푸념했다.

"횟감으로 정말 끝내주는데, 참."

"그러니까 말야, 참……"

"이게 무슨 해프닝이냐."

형이 껄껄 웃었다. 산뜻한 웃음처럼 들렸다. 형과의 서먹한 분위기가 풀려서 다행이었다. 나는 방금 일어난 일이 해프닝이 아니라 섬사람들끼리 꾸민 한편의 부조리극이라고 우기고 싶었다. 시간의 단절, 상황의 무화. 형과 나는 다정하게 차에 앉아 있지 않은가. 조상님들을 찾아가고 있지 않은가.

뿌리 찾기에 대한 형의 공부는 꽤 깊어 보였다. 가는개는 섬에서 가장 깊은 마을이라고 했다. 그래서 섬에서 일몰이 아름다운 장소로 소문나 있다고 형은 말했다. 2차선

도로는 구불구불했지만 포장되어 있었다. 이내 사방으로 산이 가로막아서 섬을 달리는 기분이 들지 않았다. 비탈진 산자락마다 밭이 개간되어 있었고 그 겨울 밭이 푸르러서 우리는 궁금증으로 차를 세우지 않을 수 없었다. 작물은 시금치였다. 가는개라는 지명이 도로표지판에 나타나면서 살짝 흥분이 되었다. 눈이 갈색이고 어딘지 이국적인 분위기가 풍겨서 남 같지 않은 동족을 만날 것만 같았다.

"참 깊네."

형이 창문을 내리며 말했다.

"그래서 여기로 오지 않았겠어요?"

"그렇네. 도망자나 은둔자가 숨을 만한 곳이야."

"천칠백 몇 년이라고 했죠? 그때라면 지금보다 더했겠네."

"세상 끝이었겠지."

얕은 고개 하나를 넘자 산이 벗겨지고 바다가 나타났다. 마을이 있었다. 한 스무가구나 될까 싶은 가는개는 지나온 마을들보다 퇴락한 기운이 물씬했다. 깃발 올린 마을회관도 있고 노인정도 있었지만 빈집도 많아 보였다. 그런 집들은 지붕이나 담벼락, 집 곁을 에운 대밭에서 인적을 지우며 깎여가는 기운을 풍겼다. 무슨 대단한 풍경을 기대한 건 아니었지만 쓸쓸했다. 실망을 했다기보다는 고모 집에서처럼 비감이 들었다. 이 감정은 끌어당김이라고 나는 멋대로 생각했다.

겨울이라 밖에 나와 있는 주민이 눈에 띄지 않았다. 마을회관 문이라도 두드려볼까 싶었는데 무턱대고 들어가서 우리가 찾아온 내력을 얘기하기도 계면쩍었다. 바다 쪽으로 낮은 언덕이 있고, 정상에 팽나무로 보이는 정자목 한그루가 하늘로 풀어져 있었다. 주민들은 그 언덕길을 통해 바다로 드나드나보았다. 우리는 마을회관 앞에 차를 세워놓고 그곳으로 걸어 올라갔다.

언덕길 중턱에서 사철나무 울타리 너머로 마당을 손질하는 초로의 남자를 발견했다. 형은 담장에 서서 주인에게 말을 걸었다.

"어르신, 실례지만 혹 성씨가 신씨세요?"

담 너머에서 잠시 침묵했다. 사내는 울타리 곁으로 다가왔다.

"아닌데요. 무슨 일이죠?"

사내는 표준말을 썼다. 형이 잠시 망설이다가 대답했다.

"조금 이상하게 들리시겠지만 이 마을에서 우리 조상님

들이 나왔다고 해서 여행 오는 길에 겸사겸사 들렀습니다."

사내가 대문을 열고 몸을 내보였다.

"이 동네에 신씨들은 거의 없는데…… 저도 귀촌을 해서 잘 모르지만 예전에는 신씨들 집성촌이었다고는 들었어요. 저기 오르면 신씨 제각도 있고."

그는 팽나무가 선 언덕을 가리켰다.

"가만있자, 저기 저 집이 신씨 할머니네 집인데."

하고 그는 손가락을 마을회관 뒤 비탈에 올라앉은 오두막으로 돌렸다.

"지금은 안 계세요. 요양원에 들어가셨어요."

나는 대화에 끼어들어 사내에게 물었다.

"신씨들은 다 동네를 떠난 모양이죠?"

"글쎄요. 아무튼 이 동네에는 저 할머니네 말고는 신씨들이 계시지 않아요. 아까 들어올 때 새터라고 큰 마을을 지났지요? 그 마을에 신씨들이 꽤 사는 것 같아요. 가스배달로 들어오는 분도 신씨 같고."

고맙다고 인사를 건네고 몸을 돌리려던 차에 형이 불쑥 사내를 붙잡았다. 형은 눈을 손가락으로 살짝 까뒤집으며 사내에게 말했다.

"저기 사시던 신씨 할머니 눈빛이 저처럼 놀짱하던가

요?"

사내는 당황한 기색이 역력했다. 나는 풋, 웃어놓고 사내의 반응이 궁금해서 그를 쳐다보았다.

"그 할머니는 신씨가 아니라 그 집 돌아가신 할아버지가 신씨예요. 그냥 동네서 신씨네라고 하죠."

형은 눈에서 손을 뗐다. 우리는 어깨가 처졌다.

사내가 알려준 신씨 제각을 찾아 언덕을 올랐다. 정자를 끼고 비탈진 데로 제각이 있었다. 묵은 제각이 아니라 최근에 조성한 듯 비석과 봉안당 돌빛이 새뜻했다. 스테인리스 재질의 안내판도 서 있었다. 제각을 5년 전에 새로 단장해 봉안당을 지었으며, 여기저기 흩어진 선대 묘를 이장해 봉안했다는 내용이 적혀 있었다. 하단에는 기부금을 낸 문중 후손들의 이름이 기록되어 있었다. 성씨를 생략한 이름이 빽빽했다. 백여명이 넘는 인명부에서 형과 나는 동시에 큰아버지와 아버지 성함을 찾아냈다. 두 노인네가 살아생전에 열성적으로 드나들더니 이곳을 다녀간 모양이었다.

형은 안내판에서 물러나 비석 쪽으로 걸음을 떼었다. 나는 몸을 돌려 바다를 바라보았다. 더이상 섬들을 치지 않는 오롯한 바다가 일망무제로 펼쳐졌다. 날선 오후 햇살에 바다는 뿌옇게 실체를 보여주지 않았다.

"이것 좀 봐라."

형이 나를 불렀다. 나는 바다에서 몸을 돌려 비석 앞으로 걸어갔다.

"이분이 처음 입도한 그 할아버지셔. 우리가 몇대 손이냐? 이십구대 손이니까 여기 이 할아버지 때까지 여기 살다가 뭍으로 나온 거지. 그러니까 이분이 우리 고조할아버님 되시는 거야."

"북어포에 소주라도 사올 걸 그랬나."

나는 휴대폰으로 사진을 찍었다. 형이 들뜬 목소리로 말했다.

"새터라는 마을에 들렀다 가려면 서둘러야겠다."

새터 마을에 들어 가게에서 마을이 1리, 2리, 3리까지 있다는 걸 알게 되었다. 신씨들은 주로 3리에 산다고 했다. 미나리꽝을 지나 산 아래쪽이 3리라고 했다. 나는 가게를 나오기 전에 가게 아주머니에게 물었다. 나는 눈을 손가락으로 까뒤집었다.

"혹시 이렇게 눈이 놀짱하게 생긴 사람들이 더러 사나요?"

아주머니가 웃었다.

"이 아저씨 재밌으시네. 눈 놀짱한 사람들은 쌨제라. 여기도 외국인 천진데. 일하러 들어오고 결혼해서도 오고. 월남, 태국, 필리핀, 우즈벡, 몽골 쌔고 쌨어요."

"외국인 말고 이 동네 토박이인데 이런 눈빛을 가진 사람 말예요."

"그런 사람 못 봤는데. 이 아저씨 참말로 재밌는 양반이네."

아주머니는 다시 웃음을 터뜨렸다.

우리는 정처 없이 골목 깊숙이 걸어 들어갔다. 길에서 주민을 마주치면 외모를 유심히 살펴보았다. 형도 그러는 것 같았다. 3리에서 경운기를 몰고 가는 장년의 사내를 붙잡았다. 나는 우리가 왜 이 마을에 왔는지, 설명하기도 쉽지 않은 사유를 길게 설명했다. 사내는 시끄러운 경운기를 껐다.

"나가 신씬디요."

사내가 호기심을 드러내며 말했다. 처음 만나는 동성이었다. 그는 술기운에 눈이 충혈되어 있지만 눈빛이 유달리 갈색을 띠지는 않았다.

"우리 문중 일이라믄 그런 걸 잘 아시는 어르신이 계시지라."

그는 장동 어른이라고 밝혔다. 그는 경운기를 길 가운데에 세워놓고 앞장섰다. 그가 지나치게 반기는 바람에 우리가 무안할 정도였다. 생각해보지도 못한 핏줄의 힘을 처음으로 실감했다. 기분이 그렇게 나쁘지만은 않았다.

금방일 줄 알았는데 사내는 우리 형제를 골목길로 한백 미터쯤 이끌고 갔다. 파란 대문 앞에서 그는 멈췄고, 이내 대문을 밀고 들어갔다.

"장동 아부지! 아부지 계실랑가요?"

방문이 열리고 할머니가 머리를 내밀었다. 방문 너머에서 얼굴 없이 남자 노인의 목소리가 넘어왔다.

"누구여?"

사내가 목청을 높여 말했다.

"서울서 손님이 찾어왔어라. 뿌리를 찾겠다고 왔답니다."

"뭐라고?"

"신씨 성제가 조상님 찾겄다고 서울서 왔당게요."

나는 이 상황이 갑자기 낯설어지고, 무안해서 어찌할 바를 몰랐다. 없었던 일로 하고 이 마을에서 도망치고 싶었다.

이윽고 백수는 된 듯 피골만 남은 노인이 아내의 부축

을 받으며 마루로 나와 앉았다. 그는 손을 까불러 우리를
툇마루로 오르게 했다.

"우리 선대가 여기 섬에서 나오셨다고 해서요."

형은 섬을 찾아온 사연을 풀어놓았다. 노인은 마나님
에게 보청기를 가져다달라고 부탁했다. 형은 섬을 방문한
이유를 처음부터 다시 이야기했다. 이제는 사연에 제법
조리가 잡혀 있었다. 목소리가 높고 사연이 구구절절해서
길을 안내한 사내도 저만치 마당에서 고개를 끄덕였다.
형이 설명을 마쳤을 때 노인이 고개를 주억거렸다.

"장하구면."

노인이 흐릿하지만 검은 눈을 들어 우리 형제를 훑어보
았다. 그래놓고 또 마나님에게 족보와 돋보기를 청했다.

형은 고향을 밝혔고, 노인은 아버지 함자를 물었다.

"노자 식자를 쓰셨습니다."

노인이 귀가 어두워서 못 알아들은 모양이었다. 그러나
잠깐의 침묵을 건너 노인이 얼굴을 펴며 반색했다.

"노식? 알제. 그 성이 노철. 집에도 가봤제. 성 집이 앞
에 있고 동상 집이 뒤에 있제?"

노인은 아버지와 큰아버지를 정확히 기억해내서 말
했다.

"성제간에 우애가 좋았다고. 예전에는 시제 때마둥 와쌌더만 근년에는 통 못 봤어."

"두분 다 돌아가셨습니다."

형이 말했다. 노인이 표정이 없이 고개를 끄덕였다. 노인은 두분 나이를 물었다. 자기보다 어린 나이에 간 동문들의 사연을 노인은 덤덤하게 들었다.

마나님이 사과를 깎아 내오고 커피를 타왔다. 빈손으로 온 게 민망했다. 장동 노인이 돋보기를 쓰고 족보를 들여다보았다. 노인이 한참 책장을 뒤적거린 끝에 손가락을 짚었다. 우리는 고개를 내밀어 족보를 들여다보았다.

"이게 접니다. 이건 제 아우 이름이고요."

노인이 고개를 끄덕였다. 족보에는 우리 아이들 이름까지 올라 있었다.

"그래 어디서들 사는감?"

"서울에서 삽니다."

"부모님 은덕을 입어서 다 잘된 것 같구만. 여까장 온건 장한 일이야. 암, 요새 사람들이 으디 그러남."

그래놓고 노인이 이상한 소리를 했다.

"너무 섭섭하게 듣지는 말게."

우리는 노인을 물끄러미 바라보았다.

"자네들 아부지 성제가 어느 날 우리덜을 찾어왔단 말이제. 한창 젊었을 때 야그야. 할아부지 성함까정 알고 있는디 자기네들 뿌리가 으디로 닿는지 몰것다고 온 거여. 인자 나가 그 사연을 들어본께 안됐어. 그래서 나가 하는 말이 근동에 살았고 신씨라면 우리 한 집안사람이 맞다, 이래가지고 우리 족보에다가 올려줬제. 섭섭다 말란 소리는 그 소리여. 큰아부지하고 아부지 심정을 헤아려보소. 가심 아픈 일 아니더라고."

그러나 형이나 나나 조금 충격을 받아서 할 말을 잇지 못했다. 이건 전혀 예상하지 못한 전개였다. 큰아버지와 아버지가 생전에 그렇게 열성을 다해 섬을 드나들던 이유도 알 것 같았다.

"누누이 말허지만 섭섭다 할 일이 아녀. 왜 그러냐믄 자네들이 아까 가는개에서 제각도 봤겠지만 우리 9대조 할아부님이 이조 말에 강진에서 들어왔단 말시. 우리 부친 대에 문중 재력이 좀 모여서 인저 제각 짓고 족보도 편찬하려는데 강진으로 나가봐야 됐제. 안 그러능가, 거기에 우리 집안 뿌렝기가 있응게? 우리는 다 9대조 할아버님이 거기서 온 중 알았제. 대대손손 그렇게 내력이 전해져왔어. 근디 거기 8대조 비각에 존함이 없는 거라. 8대조 밑에

자석 이름으로 올라 있어야 인저 뿌렝기가 이어지는 건디 없어. 이런 낭패가 어딨겄는가."

형과 나는 노인을 대신하듯 한숨을 포옥 내쉬었다. 노인이 머리를 내저었다.

"그래서 거기 간 우리 아부지가 야밤에 석공을 하나 사다가 비각에다가 이름을 새기고 들어왔다네."

우리도 노인을 가만히 건너다보고 노인도 우리를 가만히 쳐다보았다.

"그러니게 하나도 섭섭해할 게 없어. 인저 잘 살믄 되제, 안 그런가?"

우리 세 사람은 서로 고개를 주억거렸다. 형과 나는 말없이 노인이 권하는 커피와 과일을 먹었다. 마당에 서 있던 사내도 툇마루 한 귀에 앉아 커피를 받았다. 오후의 마지막 햇살이 툇마루 깊숙이 들어왔다. 침묵이 거추장스러워지면 형은 노인이 정정하다고, 공기 좋고 따뜻한 섬에서 사셔서 건강하신가보다고 말했다. 그러면 노인은 빨리 가지 못해 부끄럽다고 연신 고개를 저었다.

대문으로 한 여자가 뛰어들었다. 외국인 여자였다. 여자는 어른들에게 허리를 숙여 인사를 하고, 툇마루에 앉은 사내를 노려보았다.

"남편, 뭐 해? 경운기 빼!"

사내가 아주 귀찮다는 듯 여자에게 물었다.

"누가 뭐라 그래?"

"난리다. 배 타러 나갈 차 많아."

사내가 커피 잔을 단숨에 비우고 일어났다.

우리도 이제 일어나야 할 듯했다. 형은 노인에게 만수무강하라고 지갑에서 십만원을 내놓았다.

"또 뵈러 오겠습니다."

형이 두 양주에게 인사했다.

우리는 선착장으로 급히 차를 몰았다. 서로 생각에 잠겨 있느라고 조용했다. 한참 만에 형이 입을 열었다.

"아부지도 참…… 그걸 가슴에 꼭 묻어두고 가셨냐."

나는 맞장구를 쳤다.

"두 형제가 참 대단하네. 형, 괜찮아?"

형이 창문을 조금 열고 침을 뱉었다.

"뭐가 대수라고."

나는 고개를 돌려 형의 안색을 살폈다. 형은 평온해 보였다. 정말 나는 아무렇지도 않았다. 형도 마찬가지일 것이다.

"난 이제 형 이야기를 믿기로 했어."

형이 나를 돌아보았다.

"그 혼혈 할머니와 할아버지 이야기 말야. 오죽했으면 집안에서 이름을 지웠겠어."

형이 설핏 웃었다.

우리는 가까스로 선착장에 닿았다. 배는 연착했다. 멸치를 가져가던 무도한 손길처럼 아무도 연착되는 이유를 설명해주지 않았다. 다만 차 몇대가 나타나 승선하는 걸 봐서 자기들끼리 암묵적으로 기다려주고 있다는 걸 짐작할 수 있었다.

우리는 여객선 난간에 붙어 서서, 다시는 오기 힘들 것 같은 비화도를 바라보았다. 돌문이 닫히듯 섬이 어둠 속에 잠겨갔다. 나는 형의 어깨를 토닥여주고 싶은 걸 꾹 참았다. 부디 공로연수가 멋지게 진행되길 바랐다.

여기는 괜찮아요

아내는 지난주하고 지지난주에 연달아 마스크를 받지
못했다. 주말에는 누구나 마스크를 살 수 있다고, 약국 알
리미 앱을 공유해줘도 미적거리더니 일요일 저녁 식탁
에서 "이제 약국 문 닫았겠지?" 하고 흘리듯 말했다. 어
떤 마음으로 하는 말인지 표정으로는 읽을 수 없었다. 그
럼에도 나에게는 천연덕스럽게 들렸다. 중학생 딸아이까
지 세 식구가 집에 머물면서 그간 착실히 모아둔 마스크
가 제법 되었다. 그래도 안심이 되지 않았다. 차차 딸아이
가 등교하고, 대학 강의실이 열리면 아내나 나나 마스크
를 티슈 빼 쓰듯이 할 텐데 마스크 여섯장을 공연히 날려
버리는 건 바보짓이었다.

우리는 마스크를 가능한 한 아껴 쓰려고 베란다에 걸
어두고 재활용했다. 때로는 마스크 주인이 바뀌어서 가족

끼리 신경전을 벌일 때도 있었다. 아내나 딸아이는 걸핏하면 내가 저희들 것을 잘못 가져다가 쓴다고 질색했다. 나는 억울했다.

"뭔 소리야. 봐봐, 내 거라고."

내가 내민 마스크에서는 립스틱이나 립밤 자국이 발견될 때도 간혹 있지만 아무 흔적이 없을 때가 많았다. 그러면 두 여자는 마스크에서 내 체취가 난다고 손사래를 쳤다.

"써보면 딱 아는데 내가 뭐가 좋다고 남 걸 써."

나는 마스크를 코에 대고 킁킁거렸다. 아내가 힐난하듯이 말했다.

"그렇게 촉이 좋은 분이 왜 남의 것만 골라 쓰냐고."

별수 없이 재활용 마스크 세개가 전부 내 몫이 되고는 했다.

아내는 마스크 수급이 곧 풀릴 거라고 변명처럼 말하곤 했다. 신종플루가 유행했을 때처럼 백신이나 치료제가 금방 나오지 않겠느냐고 했다. 딸아이가 세살 때 신종플루에 감염되어 우리 부부는 발을 동동 굴렀던 경험이 있다. 아내는 한숨을 쉬고 푸념했다.

"어떻게 우리 주변에는 마스크 공장 하는 사람 하나 없냐."

어쩌면 게으르거나 무심해서라기보다 아내는 신경이 곤두서 있는지 몰랐다. 아내는 스트레스 지수가 오르면 신경 스위치를 꺼버리는 재주가 있다. 아내의 태평하고 무신경한 태도는 일종의 가장일 수 있었다. 팬데믹이 시작되었을 때 종일 인터넷을 뒤져도 마스크를 구할 수 없다고 아내는 울상이었다. 공적 마스크 5부제가 시행된 첫 화요일에 부산스럽게 우리 부녀의 등을 약국으로 떠민 장본인이기도 했다.

딸과 내가 같은 요일에 5부제에 걸린 건 다행이었다. 세번째 화요일에 집을 나서며 나는 딸아이에게 농담을 건넸다.

"거리두기 땜에 오늘은 손을 못 잡겠다."

딸아이는 피식 웃었다. 딸아이가 내 손을 놓은 건 두해쯤 됐다. 아파트 단지의 정원에는 산수유와 목련이 피고, 벚나무에는 자줏빛 꽃망울이 팝콘처럼 부풀어 있었다. 지난해 이맘때, 딸아이는 봄비를 맞고 학교에서 돌아와서는 내게 말했다.

"아빠, 비 그치면 벚꽃 다 져?"

"왜?"

나는 아이의 머리에 앉은 손톱만 한 꽃잎 한장을 떼어

주며 물었다.

"그냥……"

딸아이는 벚꽃 지는 게 마치 내 탓이라도 되는 양 부루퉁했다. 나는 딸아이의 마음이 한뼘쯤 자란 걸 깨달았다. 아이는 우산을 비껴들고 서서 처음으로 제 뜰로 져 내리는 꽃을 올려보았겠지. 아이가 커가는 걸 실감할 때마다 마음이 쓸쓸해졌다. 나는 그때 일이 생각나서 김 서린 안경을 벗어 들고 중얼거렸다.

"벚꽃이 곧 터지겠네, 팡팡."

그러나 딸아이한테서는 별 반응이 없었다. 딸과 나는 말없이 볕 속을 걸었다. 꽃샘추위가 왔는지 갔는지 모르게 봄이 왔다. 코로나가 사람에게만 해당하는 재난이라고 비웃듯 자연은 아랑곳없었다. 그 생각은 묘한 감정을 불러일으켰는데 딸의 등짝을 보며 걷는 기분과 흡사했다. 나는 마스크 속으로 숨을 깊이 들이마시고, 콧등 와이어를 꼼꼼히 매만졌다. 앞서 걷던 아이가 돌아서서 말했다.

"아빠, 이런 걸 소외감이라고 하지이?"

나는 뜨끔해서 멈칫했다가 빙긋이 웃었다.

"서운함일걸."

약국 앞에 줄을 서서 기다리는 동안 나는 날개라도 있

으면 딸아이를 병아리처럼 품고 싶었다. 아이를 앞세우고 서서 아이가 조금만 멀어져도 옷깃을 당기곤 했다. 아이는 그때마다 입 모양으로 외쳤다. 사, 회, 적, 거, 리, 두, 기.

다른 집들도 그러는지 모르지만 가끔 나는 전쟁 같은 재난이 일어나면 가족을 어떻게 건사할지 상상하고는 한다. 내전을 경험하고 분단된 나라에서 살아서인지, 재난 영화를 보고 자란 탓인지 몰라도 딸아이가 어렸을 때부터 가족과 헤어지는 상황이 발생하면 취해야 할 행동 매뉴얼을 알려주곤 했다. 첫 상봉 장소는 아이가 다닌 초등학교 조회대다. 그곳에서 만나지 못하고 도시를 떠나야 하는 상황이 되면 조회대 벽에다가 지워지지 않을 메모를 남긴다. 다음 행선지는 멀리 지방의 외갓집이다. 거기서도 위험에 처하면 다시 초등학교 조회대로 돌아온다. 우리는 무슨 일이 있더라도 초등학교 조회대에서 상봉해야 한다. 딸아이는 기억하고 있을까? 약국 앞으로 길게 늘어선 줄에 딸과 함께 서 있자니 그 생각이 났다.

나는 세상의 질서가 한순간에 와르르 무너질까봐 전전긍긍했다. 그 정글에서 과연 아내와 딸을 보호할 수 있을까? 그러니까 지금은 비정상적인 상황이었다. 거기다가 우리 가족은 생존력이 제로나 다름없어 보였다. 아내를 지켜볼수록 양심의 한 부분을 조금씩 허물어뜨려 가족을 지켜야 하지 않을까 하고 자꾸 딴마음이 생겼다. 일테면 마스크로 얼굴을 반쯤 가린 용기에 힘입어 약사에게 아내 몫을 요청하는 뻔뻔한 짓 같은 것 말이다. 어쨌든 우리 가족은 스스로 지킬 수밖에 없다고 나는 결론지었다.

약국에서 여자가 나와서 줄 선 인원을 체크했다. 줄은 죽집과 김밥집을 지나 건물 귀퉁이의 새마을금고 앞까지 이어져 있었다. 우리 부녀는 죽집과 김밥집 경계쯤에 서 있었다. 약국 여자는 우리 뒤에서 줄을 자르고 주민들을 돌려보냈다. 전산망으로 신분을 확인하고 체크해야 해서 줄은 더디게 줄었다. 마스크 구매자가 약국을 나오면 다음 대기자가 들어갔다. 마스크를 구매할 때는 배급을 받는 기분이 들었다. 아내나 나나 마스크를 받으러 간다고 하지, 사러 간다고 하지 않았다. 가까스로 사십분 만에 마스크를 챙겼을 때 나는 딸 앞에서 우쭐한 마음마저 들었다. 나는 거절당할 게 뻔한데도 약사에게 아내 몫의 마스크도 받아 갈 수 있는지 물었다.

"그 사람이 아픈데요. 안 될까요?"

목요일에 아내는 마지못해 마스크를 받으러 나섰다. 새 마스크를 한장 꺼내 쓰며 아내가 말했다.

"뭐야. 두장 받아다가 한장은 마스크 받으러 갈 때 쓰는 거야?"

아내는 한시간을 넘겨서 돌아왔다. 몹시 지쳐 보였다. 식탁에 두장의 마스크를 차려놓고 아내는 무릎을 의자 위로 당겨 앉아서 무연했다. 마치 뉴스로만 듣던 재난 현장을 직접 목격하고 온 사람 같았다. 나는 식탁 끝에 위태롭게 놓인 유리컵을 바라보듯 아내를 지켜보았다.

작년에 아파트 단지 인근에 고급 제과점이 생겼다. 국가 공인 제과장이 차린 프랑스식 빵집이라는데 매장의 인테리어는 세련되었고 다양한 빵은 모두 맛이 좋았다. 방부제를 사용하지 않는다고 표방한 제과점은 당일 구운 빵만 판매했다. 가격이 비싸도 손님이 많았다. 제과점은 금세 동네의 랜드마크처럼 되었다. 이만한 수준의 동네에 이런 고퀄리티의 제과점이 하나쯤 있어야 한다는 반응이었다.

제과점에서는 하루 동안 팔고 남은 빵을 정리하는 이벤트를 벌였다. 이튿날 아침, 반값에 할인하는 행사를 하는데 날마다 제과점 앞에 개장 시간을 기다리는 손님들이 장사진을 이루었다. 개업하고 한 계절이나 지났을까. 우리 부부는 딸 생일 케이크를 싸게 사볼까 하고 일찌감치

나가 할인 행사 대열에 합류했다. 할인 빵을 벼른 적은 많았지만 직접 줄을 서본 건 처음이었다. 삼십분이나 일찍 왔는데도 줄이 길었다. 아내가 헤아려보고 우리가 스물네번째라고 속삭였다. 제과점 전면 창은 블라인드가 쳐져서 매장이 보이지 않았다. 재고 빵이 얼마나 될지 모르나 우리에게도 차례가 돌아올지 걱정이었다.

여덟시가 되자 블라인드가 걷히고 매장의 가운데 매대에 쌓인 갖은 빵이 모습을 드러냈다. 아내가 창을 들여다보고는 케이크가 있다고 알려주었다. 이내 긴 대열이 일순간에 수축하더니 마치 마라톤 출발 신호를 기다리는 긴장감으로 팽팽해졌다. 드디어 매장 문이 열리고 사람들이 서로의 차례를 침범할 듯 말 듯 어깨를 부딪치면서 줄줄이 매장으로 휩쓸려 들어갔다. 매장은 질서고 뭐고 없는 약탈 장소를 방불케 했다. 미리 준비해 온 봉투나 에코백에 빵을 쓸어 담고 한아름 품에 그러모으는 사람들이 뒤엉겼다. 사람들 등 뒤에서 손을 뻗어볼 틈이 없었다. 진열대는 순식간에 깨끗해졌다. 나는 겨우 곰돌이 쿠키 하나를 집어 들었다. 그것도 앞서 누군가가 품에서 다시 내려놓은 초라한 전리품이었다. 일단 쓸어 담아놓고 나서 다시 골라 내놓는 손님들이 있고, 또 그걸 노리는 사람들이 있었다. 그러고도 빈손으로 돌아서는 사람들이 많았다. 나는 쿠키를 들고 멋쩍게 서서 아내를 찾았다. 아내는 매장에 아예 발을 들여놓지 않았는지 출입구 저쪽, 우산 보관대 옆에 되똑하니 서 있었다.

나는 정글 같은 제과점을 빠져나오며 진저리를 쳤다. 얄팍한 상술로 손님들을 약탈자처럼 만든 제과점에 화가 났다. 할인 행사가 이렇듯 인기가 좋아 난장판이 될 정도라면 제과점에서 무슨 조치가 있어야 하지 않겠느냐고 핏대를 세워 아내에게 말했다. 일테면 손님 한 사람이 구매할 수 있는 양을 서너개로 제한해서 빵이 고루 돌아가게 해야 하지 않느냐고 말이다. 줄 세우는 것까지는 어쩔 수 없다고 쳐도 사람들을 야만인으로 만들어서야 쓰겠느냐고 말이다. 그러나 제과점에 제안한들 눈 하나 깜빡이지 않을 성싶었다. 그걸 헤아릴 수 있는 업주였다면 애초에 이런 이벤트를 고안하지 않았을 테니까. 사사건건 참 예민하시네, 하고 놀림이나 받지 않으면 다행이었다. 우리가 늘 그래왔듯이 이런 일에는 아니꼬운 사람이 나가떨어지면 그만일 것이다.

"모멸감이 들어."

아무런 대꾸도 없이 걷던 아내가 힘없는 목소리로 읊

조렸다.

"어떻게 이 동네에서 저런 일이 벌어질 수 있지? 백주 대낮에…… 알 만한 사람들이……"

아닌 게 아니라 아내는 주먹을 쥐고 고층아파트 숲을 둘러보았다. 그 복마전에 나도 뛰어들었으니 나에게 보내는 힐난이기도 했다.

아내는 그 일이 있고 며칠 지나서 내게 질서의 상징처럼 된 줄 서기라는 것, 그것에도 본질상 야만성이 내재되어 있다고 말했다. 나는 어디 줄 서기가 그런가, 삶의 본질이 그렇지, 하고 대꾸하고 싶었다. 그 야만적 속성을 여러 겹 위장하여 불감하게 만든 게 인류의 진화가 아니냐고. 휘장이 살짝 들춰지는 바람에 생짜의 삶을 목격해서 우리가 지금 두려운 게 아닌가. 연애 때에는 아내가 둔감하지 않고 예민해서 매력을 느꼈다. 그러나 지금은 조금만 더 둔감했으면 하는 게 솔직한 바람이었다.

나는 외출해서 돌아온 아내가 그때처럼 모멸감을 느끼고 온 거라고 짐작했다. 그러고 보면 이제 약국이 문 닫았겠지? 하고 아내가 식탁에서 중얼거렸을 때 그 미묘한 표정에는 자책과 함께 안도감도 있지 않았을까.

우리는 낮 동안에는 각자의 방에서 온라인 강의를 하

거나 듣거나 했다. 온라인 강의를 할 때는 문 앞에다가 '강의 중'이라고 쓴 종이를 붙여놓았다. 저녁이나 되어야 거실로 모였다. 인근 아파트에서 확진자가 산발적으로 나와서 포위망을 점점 좁혀왔다. 나는 본능적인 경계심을 승인했다. 둔감하면 죽는다! 아내와 딸을 안심시키는 방식을 택하지 않고 경계심을 늦추지 않도록 계속 경각심을 불어넣었다. 아침 식탁에서 밤새 감염자가 몇이나 나왔고 몇 사람이 사망했는지 중계하듯 알려주었다. 미국에서, 영국에서, 스페인에서, 일본에서, 이탈리아에서…… 전황을 중계하듯 나는 날마다 불어나는 사망자 수를 일깨워주었다.

나는 교양과목의 에세이 과제를 검토하고 피드백하는 일이 고역이었다. 그러나 입학식도 없이 집에서 지내는 신입생들의 글을 읽자니 다른 해보다 재밌는 내용이 많았다. 자신은 고등학교 4학년이 되었다고 능청을 떠는 글이 있는가 하면, 날마다 구글 어스를 구동해 캠퍼스와 대학촌 투어를 하고 있다는 지방 학생도 있고, 선배 언니들이 자기 도시에 사는 신입생들에게 단체 번개팅을 제안해왔는데 기대된다는 내용도 있었다. 일찌감치 기숙사에 입주해 생활한다는 남학생 하나는 매일 캠퍼스 영상을 담아

유튜브에서 중계한다고 했다. 그 콘텐츠는 신입생뿐 아니라 재학생들에게도 나름 인기가 있는 모양이었다. 한 학생의 에세이는 음대로 이어진 벚꽃 길 콘텐츠에 대한 소감을 후기처럼 담고 있었다. 썸남 썸녀가 걸어가면 사랑이 이루어진다는 길. 나도 그 '키스 로드' 얘기를 학생들한테서 들어 알고 있었다. 그 학생은 입학하면 키스 로드를 걸어보고 싶었는데 내년에나 가능하겠다고 아쉬워했다. 요즘 학생들은 과제물에도 'ㅜㅜㅜ'와 같은 이모티콘을 쓴다. 나는 일일이 빨간 돼지 꼬리를 달고, 아내는 그냥 두라고 한다.

에세이를 읽다보면 은근히 걱정되는 학생도 더러 눈에 띄었다. 우울증이나 공황장애를 앓고 있는 듯한 학생들이 있다. 이번 신입생 중에서는 한 지방 학생이 유독 걱정스러웠다. 이 학생은 거의 일기장을 베낀 것 같은 과제를 매주 내고 있었다. 주마다 나가는 에세이 주제가 다른데 이 학생의 과제물은 조금씩 변주될 뿐 여일했다. 2주째 자기소개서 쓰기를 하고 있는데 지난주에는 뒷산에 오른 얘기를 하더니 오늘은 바다 이야기였다. 아시아문화학부 남학생이었다. 사진 출석부를 열어보니 교복 입고 찍은 사진이 정말 고등학교 4학년생처럼 앳돼 보였다. 사진으로 봐서는 어두운 구석이 없었다.

'할머니 식당에서 마늘 좀 까주다가 등대 쪽으로 나가서 오후 내내 보냈다. 아이패드 사게 돈 좀 보내달라고 문자를 보냈는데 양경숙씨한테서는 답이 없다. 바다에 휴대폰을 던질 뻔했다. 바다를 가만히 보고 있으면 들어오라고 막 부르는 것 같다. 물이 겁나 차가웠다. 무서워서 집으로 돌아왔다. 막배 타고 바람 좀 쐬고 오고 싶어서 식당 금고를 열어봤더니 달랑 천원짜리 세장만 있다. 다시 닫았다. 할머니는 겨우 아홉시인데 주무신다. 텔레비전을 꺼주고 내 방으로 돌아왔다. 과제를 하다보니 더 꿀꿀해진다. 이런 과제를 왜 내주시는지 모르겠다ㅜㅜㅜ'

이 녀석이, 하고 나는 허리를 세웠다가 'ㅜㅜㅜ'때문에 마음을 풀었다. 나는 학생에게 전화를 걸어볼까 하다가 그만두었다. 대신 이메일에 기숙사생의 그 유튜브 영상을 링크해놓고 뭔가 한마디 써서 보내려는데 마땅한 말이 떠오르지 않았다. 보통 이런 학생들에게 조언해주는 레퍼토리가 있다. 하루에 한번씩 밖으로 나가 산책해라, 햇볕을 쐬어야 한다, 혼자 감내하지 마라, 부모님과 상의해서 병원 상담을 받아라, 우울증은 현대인들에게 흔한 질환이다, 치료하면 금세 호전된다, 정 못 견디게 힘들면 학교의 상담센터를 연결해주겠다. 그러나 경진 학생에게는 그 어떤 조언도 여의치 않아 보였다. 하루 종일 바닷가를 쏘다니는 것 같고, 어떤 사정인지 부모와 지내는 것 같지 않으며, 어디 먼 섬에서 지내는 학생에게 상담센터라니 말도 되지 않았다. 섣부른 판단인지도 몰랐다. 요즘 상황에 누군들 저 정도의 우울감이 없을까.

나는 아내에게 양경진 학생의 상태가 염려된다고 말했다. 아내는 학생의 과제물을 읽고 나서 걱정할 필요 없겠다고 말했다.

"내가 보기에 심심하고 무기력할 뿐 아픈 아이 아니야. 이 녀석 리포트 쉽게 쓰네. 이게 무슨 자기소개서야. 제대로 내라고 혼내야 하지 않아? 당신, 이런 리포트 방치하면 직무유기다."

"어떻게 알고 그렇게 해. 이런 애는 글쓰기가 우선이 아니야. 잘 들어줘야 한다고. 거짓말하는 것 같지도 않고."

몇년째 글쓰기 강의를 하면서 가장 곤혹스러운 건 상담이 필요한 아픈 학생들을 지도하는 일이다. 글쓰기가 자신을 내보이는 행위이기도 해서 기계적으로 지도만 할 수 없고 얼마간 상담자 역할도 해야 했다.

아내의 조언이 아주 틀리지는 않은 것 같았다. 경진 학생은 동영상 강의를 착실히 들었고 엉터리 같은 과제이지만 한주도 빼먹지 않고 제출했다. 리포트에서 정보를 조금씩 모아본 결과 경진 학생이 머무는 섬은 신안의 어느 섬 같았다. 바람 쐬러 가끔 나가는 데가 목포고, 양경숙씨는 짐작건대 어머니 같았다. 그래도 나는 여전히 조심스러웠다. 나는 고민 끝에 '바람 쐬러 나가는 여비가 필요하면 언제든 연락 주세요' 하고 써서 이메일을 보냈다.

중간고사 기간이 지나고 경진 학생이 동영상 강의 출석을 2주째 빼먹었다. 과제물 제출도 마찬가지였다. 마늘을 까거나 머윗대를 벗기다가 내빼서 뒷산에 오르거나 바닷가를 거닐고 매일 한번씩 양경숙씨에게 송금을 독촉하는 애가 갑자기 이상행동을 보이자 덜컥 겁이 났다. 마지막 리포트에는 바닷가에 낡은 텐트를 쳤다고 적고 있었다. 물가가 다 위험한 건 아니지만 과민해져서 그런지 꼭 무슨 일이 일어난 것만 같았다. 나는 그때껏 전화만은 자제하고 있었는데 이번에는 하지 않을 수 없었다. 경진 학생이 전화를 받았다. 내가 글쓰기 교수라고 소개하자 경진 학생은 잠긴 목소리로 인사를 했다.

"어디예요?"

"텐트요."

"텐트?"

파도 소리가 들려오는 듯도 했다.

"죄송해요. 여기서 지내느라 강의도 못 들었어요. 그래도 과제는 하고 있어요. 다음에 학교 문 열면 모아서 제출할게요."

"텐트에서 뭐 해요?"

"그냥요. 생활도 좀 바꿔보고 싶고…… 이것저것 고민도 하고요. 제가 너무 한심하잖아요. 저 교수님, 2주 정도는 더 동영상 강의를 못 들을 것 같은데 괜찮을까요?"

나는 한숨을 내쉬었다. 나는 텐트 생활을 너무 오래 하지 말라고 말했다. 그러고는 섬에서 지내는 게 힘들면 학교 기숙사를 알아봐주겠다며 의향이 어떤지 물었다. 경진 학생은 고민해보겠다고 대답했다.

그로부터 한달이 다 되어가는데 경진 학생은 묵묵부답이다. 여전히 동영상 출석 기록도 없다.

다시 화요일이었다. 약국에서 차례를 기다릴 때 오동순씨에게서 첫 전화가 걸려왔다. 모르는 번호라 나는 받지 않았다. 곧 문자 알림이 들어왔다. 차례가 되어 나는 문자 확인을 미룬 채 약사에게 주민등록증과 함께 가족관계

증명서를 제시하고 내 몫의 마스크와 함께 딸아이의 것도 받았다.

내가 얼마나 신경이 곤두섰으면 오동순씨의 전화를 깜박했을까. 나는 약국에서 받은 문자를 까맣게 잊은 채 귀갓길에 올랐다. 약국을 나와서 근린공원을 가로지르다가 마침내 문자 생각이 났다.

'김원보씨, 전화 부탁드립니다. 완도 오동순 드림'

나는 발걸음을 세웠다. 내게 온 전화가 아니었다. 잘못 걸려 온 전화였다. 그럼에도 그 전화를 무시할 수는 없었다. 김원보는 내가 아는 선배의 이름이었다. 나는 오동순이라는 사람의 이름을 거듭 확인했다. 원보 형을 찾으면서 나에게 전화를 건 오동순이라는 사람은 대체 누구일까? 원보 형을 찾는 걸 보면 아주 오랜만에 연락을 해오는 사람인 게 틀림없었다. 그렇게 대단한 지인도 아닐 것이다. 그런데 오동순이라는 이는 대체 왜 내 전화번호를 갖고 있는 걸까?

나는 공원 초입에 놓인 의자로 물러나 휴대폰을 한참 매만지다가 오동순씨에게 전화했다. 마스크 속에서 콧물 한줄이 주르륵 흘러내렸다.

"아, 김원보씨?"

오동순씨가 물어왔다.

"전화를 잘못 거신 것 같은데요. 저는 원보 형이 아닌데요."

"아, 그라믄 정성태씨것네요이?"

"정이 아니라 전입니다. 전, 성태요."

"아, 그래요? 소설 쓰신다는 양반, 거 작달막하니⋯⋯"

나는 대답하지 않았다. 그러거나 말거나 오동순씨는 들뜬 목소리로 말을 이었다.

"옳게 걸었구마, 하도 오래된 번호라 될까 싶었는디. 날 기억하실랑가 몰겄소? 청산도 면사무소에 근무했던 주무관인디. 한 이십년 됐으까."

청산도라는 지명을 듣자 나는 그제야 오동순이라는 사람이 어떻게 엮인 사람인지 짐작이 갔다. 취재차 갔다가 만난 공무원이지 싶었다. 사진 찍는 원보 형과 동행해 청산도에 들어 사흘을 보낸 적이 있었다. 그러나 나는 오동순씨가 기억나지 않았다.

"하긴 기억하시겠어요, 바쁘신 양반들이."

뭔가 싸하니 말투가 매웠다. 비위가 상해 시비 거는 것처럼 들렸다.

"무슨 일이실까요? 지금 원보 형하고는 통화가 안 되는

데요."

"상관없어라. 사실은 전 선생한테 용건이 있어 전화한
거니께. 내가 업무수첩에 두 선생 전화번호를 바꿔 적어
분 모냥이라. 바쁘실 건디 얼른 용건만 말할랍니다. 그 뭐
시냐, 책 좀 돌려주소."

오동순씨가 영문 모를 소리를 했다.

"책이요?"

"이, 빌려 간 책 말이요."

정말 나는 영문을 알 길이 없었다.

"도서연구(島嶼硏究)라고 거 왜 대학에서 청산도 조사
해서 낸 연구서 안 있소. 면사무소에 딱 한권 있는 걸 가
저갔잖애요. 꼭 돌려주시겠다고 사정을 해싸서, 또 섬 홍
보도 될랑갑다 해서 협조 차원으로다 빌려드렸는디 아직
안 돌아오네요이."

"그래요? 제가 그 책을 빌려 갔다고요?"

"2001년 6월 30일."

"……"

그가 그렇게 말해서 외려 신뢰가 가지 않았다. 나는 휴
대폰을 바꿔 들었다.

"내 업무수첩은 거짓말을 안 해라. 착오는 좀 있을랑가

몰라도. 나가 전근 나올 적에 김원보씨한테 문자를 넣었는디 딱 씹어불고. 인자 보니께 저짝을 그짝으로 알고 문자를 잘못 넌개빈디, 아따, 그래도 김원보씨는 생판 모르는 처지도 아니고 요래저래하다고 문자 하나 너주는 게 뭐가 에럽다고, 섭섭허네. 두 양반 그새 안 보고 사는 사이가 돼불었소?"

"돌아가셨어요."

"뭐라고라?"

"원보 형이 죽었다고요."

"오매, 어째야 쓰까."

오동순씨는 잠시 말을 잃었다.

"짱짱해 보이던디 왜 그랬으까이. 참 아깝소외."

나는 마스크를 벗었다. 그만 전화를 끊고 싶었다. 나는 오동순씨에게 책을 찾아보고 다시 전화 드리겠다고 말했다.

"꼭 좀 돌려주셔이. 나가 고것이 있어야 은퇴를 하니."

이게 또 무슨 소리인가. 협박하는 방법도 참 가지가지구나 싶었다.

"책 이름이 도서연구라고 했나요?"

"그러요. 껍데기가 하얗제라."

오동순씨를 물리고 큰길가로 나와 건널목 앞에 섰을 때는 이마에 땀이 삐질삐질 났다. 원보 형을 기습적으로 맞닥뜨린 것도 그렇고, 이십년 전에 빌린 책을 내놓으라는 황당한 사람을 겪고 나니 뭐에라도 홀린 것 같았다. 나는 머리를 절레절레 흔들었다. 그러자니 횡단보도의 신호를 기다리며 나란히 옆에 선 할머니가 빤히 쳐다보았다. 노인도 약국에 다녀오는 길인지 포장된 마스크를 움켜쥐고 있었다. 서로 눈이 마주치면 눈길을 거둘 법한데도 노인은 당겨 쓴 마스크 위로 대꾼한 눈을 내놓고 집요하게 쳐다보았다. 혹시 나를 아시는 분인가 싶었다. 나는 노인 쪽으로 몸을 기울여 여쭈었다.

"힘드시죠, 할머니?"

노인은 뒤로 한걸음 물러서며 혀를 찼다.

"들고 다닐 걸 뭣 하러 갖고 다녀."

나는 그제야 내가 마스크를 벗어서 든 걸 깨달았다. 이내 노인의 태도에 화가 치밀었다. 나는 악력을 다해 마스크를 움켜쥐며 중얼거렸다.

"참 강적들이시네. 강적들이야."

나는 마음이 상해서 마스크를 쓰는 시늉도 하기 싫었다. 신호가 바뀌자 나는 길을 성큼성큼 건넜다. 화가 점차

가라앉으며 후회가 밀려왔고 부끄러워졌다.

집에 도착했을 때 오동순씨한테서 다시 문자 메시지가 왔다. 청산도 소재의 한 초등학교 동문회 카페에 오른 책 이미지를 링크해서 보내주었다. 집요하다고 할까. 나는 책을 꼭 찾아야 할 것만 같았다. 사진을 확대해 들여다보았다. 한번쯤 본 듯도 했다. 그러나 그 책이 내 서재에 있었다면 이십년 동안 이고 살면서 눈에 익었을 텐데 그렇지 않았다.

나는 어금니를 물고 서재를 차근차근 훑어보고, 베란다 창고에 쌓아둔 옛 취재수첩을 담은 상자까지 꺼냈다. 그런 책은 보이지 않았다. 그러는 중에 원보 형과 취재를 하는 동안 여기저기 구들장논 농사를 짓는 촌로들을 소개해주고, 하룻밤 저녁에는 멸치회에 술잔도 함께 기울인 현지인이 있었다는 게 떠올랐다. 얼굴도, 목소리도 기억나지 않지만 그런 사람이 있었던 듯싶었다.

아무래도 책은 이사를 다니며 정리를 했든가, 원보 형이 챙겼을 것 같았다. 나는 자연스럽게 원보 형 쪽으로 마음이 기울었다. 나는 책을 제대로 못 버려서 병인 사람이니까.

"불 때서 나락을 길러요?"

원보 형에게 청산도 구들장논 이야기를 처음 들었을 때 나는 그렇게 물었다. 당시 원보 형은 사진작가들과 함께 자연 생태와 민속 문화가 어우러진 다큐멘터리 잡지를 만들고 있었다. 인문지리지 성격의 잡지는 한국식 전통 삶을 발굴해 사진과 글로 담아냈다. 전통한지를 뜨는 사람이나 안동포를 짜는 사람의 이야기 같은 것은 한해를 꼬박 발품 팔아 얻어낸 기획물이었다. 원보 형과 나는 학생운동을 하면서 만나 인연을 잇고 있었는데 형이 그때만큼 물 만난 사람처럼 행복하게 사진 찍고 글 쓰는 걸 보지 못했다. 그런 인연으로 나는 그 잡지에 필자로 참여하게 되었다.

염전 사람들을 거쳐 형이 제안한 꼭지가 청산도의 구들장논 농사 이야기였다. 구들장논은 말 그대로 방구들 놓는 데 쓰는 구들돌을 바닥에 깔고 만든 논을 일컬었다. 그래서 내가 그 이름을 처음 들었을 때 불 때서 짓는 농사냐고 물었던 것이다. 쌀 귀하고 논 없는 천리 낙도 청산도의 구들장논은 내게 거대한 건축물로 보였다. 산록을 따라 돌 놓고 흙을 이십 센티쯤 다져서 층층이 논을 만들고, 물을 잡지 못해 흘려보내면서 농사를 짓느라고 논 밑으로 정교하게 수로를 설계해놓은 걸 보면 한국의 마추픽추나 다름없어 보였다.

원보 형과 나는 등대 옆 모텔을 잡아놓고 사흘을 마을로 드나들었다. 그때도 구들장논 농사를 짓는 농부가 많이 남지 않았는데 여태 소 쟁기질로 농사를 짓는 노인이 있어서 그이의 살림을 살피며 취재했다.

"지금 농부 중에 구들장논을 만들어본 사램은 없어. 우리넌 그냥 고쳐가매 있는 땅에다가 농새를 져. 까마득한 조상들이 맹글었다고 알고 있제 뭘 알간? 우리야 탄복을 하믄서 농새를 질 뿐이여."

일흔을 넘긴 노인은 소주 됫병을 지고 논으로 올라가 나락농사를 짓고 있었는데 물고기가 무서워 바닷가에는 얼씬도 않는다고 했다. 논 밑에 굴처럼 놓인 수로를 화제로 삼았다가 전쟁 때 여기에 숨어 겨우 목숨을 건사한 이야기가 나왔다. 인민군 복장으로 변장하고 들어와 주민들을 학살한 나주부대에 대한 노인의 증언도 인상 깊었다.

"하루는 국방군 배가 들어왔다가 하루는 인민군 배가 들어오제. 인자 살라믄 저 선착장으로 몰려 나가서 환영하는 일이 죽을 맛이라. 안 그렇겄더라고? 태극기도 한 뭉텡이, 인민군 기도 한 뭉텡이 여그 구멍에다가 숨겨두고 살었제. 군함이 저기 큰개로 통통통 올짝시면 요렇게 건너다본단 말이여. 국방군인가 인민군인가. 뒤춤에다가 깃발 그것 두개를 숨구고 국방군이다, 하면 태극기를 막 내두르고, 인민군이다 그라믄 인민군 기를 막 흔들매 만세를 부르제."

원보 형과 내가 완전 임철우의 소설 세계라고 호들갑을 떨었더니 노인이 물었다.

"어디 사램인디 그런 야그를 알어 썼을까?"

"금일면(金日面) 사람일걸요."

"그랴? 참 별나시, 그런 야그를 다 쓰게. 나이가 좀 자셨나?"

"아뇨. 많이 안 자셨어요."

"그랴?"

그런 기억들이 새록새록 났다. 원보 형은 당자가 시골 출신이라 '설운 농사'를 짓는다고 자처하는 농부들의 체험담을 살갑게 끌어냈다. 전답을 이웃하고 농사를 짓는 사이를 일러 '전답 두거리(이웃)'라 부르고, 소 품앗이를 하는 이웃끼리 '소 사둔네'라 한다는 것도 원보 형이 촌로들과 나누는 대화 곁에서 주웠다.

원보 형은 사람이 일하고 짐승이 나대고, 안개가 요란하고 눈이 펄펄 방정맞게 내리는 풍경을 좋아했다. 높은 구름은 좋아하지 않아 형의 사진에는 구름 위도 흰하게 여백이 있었다. 형은 오래 산 사람들을 좋아했다. 어머니나 아버지라 부르고 그들의 주름지고 오그라진 손이라든가 그들의 몽땅해진 연장을 아꼈다. 욕심으로 얼굴 가까이 렌즈를 대서 틀니나 얽은 자국을 담지 않았다.

형이 병을 얻어 급히 떠나면서 서로 약속한 글 하나는 마무리를 짓지 못했다. 청산도에 취재를 갔을 때 평생 상여 앞소리꾼으로 산 노인을 알게 되었다. 상여를 메는 시절도 아니고 노인도 일선에서 물러난 지 오래여서 소리하는 걸 취재할 수 없었다. 억지로 시연을 하게 하는 것도 형의 작업 방식이 아니었다. 형이나 나나 몹시 아쉬웠다. 그런데 노인이 말하길 완도 읍내에 지우가 사는데 그 친구 갈 때 소리를 해주기로 약속했다며 그때는 마지막으로 한번 상여를 탈 마음이니 그때 오라고 했다. 우리는 막연했지만 기다렸다. 가끔 원보 형은 앞소리꾼 노인에게 안부 전화를 넣는 눈치였다. 청산도에서는 끝내 소식이 없고 형이 먼저 갔다. 돌이켜보건대 그 노인을 연결해준 이도 오동순씨가 아니었을까? 전화기 너머 그의 퉁퉁한 말투가 서로 그런 시간이 있어서 그랬는지 몰랐다.

나는 묵은 잡지가 펼쳐진 책상에서 물러나 깊게 한숨

을 쉬었다. 오동순씨가 비매품의 학술서적을 이제 와 찾는 건 그냥 핑곗거리로 해본 소리인지 몰랐다. 지금 와서 이 책이 왜 필요하겠는가? 꼭 필요한 책이라면 주위에 수소문해 한두권은 쉬 구할 수 있으리라. 이 책 없이는 은퇴를 못한다니 웃긴 소리였다. 아무래도 서운한 마음이 깊은 게 분명했다. 원보 형과 내가 그의 인생을 얼마나 빌렸는지 모르지만 그는 서운한 것이다. 세상에는 별별 사람이 다 있으니까. 나는 오동순씨에게 전화했다.

오동순씨는 올 6월에 은퇴를 앞두고 공로연수 기간을 보내고 있다고 했다. 그는 자신이 왜 책을 애타게 찾는지도 밝혔다. 출근하지 않는 공로연수 기간 동안 그는 공무원 생활을 정리하고 있다고 했다. 그가 하는 정리라는 건 묵은 업무수첩 서른일곱권을 점검해서 마무리하지 못한 일의 목록을 만들고 그걸 처리하는 일이었다. 그는 제 작업을 원상복구라고 표현했다.

"그래 원상복구 해야 할 게 얼마나 됩니까?"

"겁나지요. 나가 생각해도 이 미친 짓을 왜 시작했는지 몰겄으니까. 쉬운 것보텀 차근차근 처리하고 있어요. 책은 돌려받으면 좋았겠지만 기왕 이렇게 된 거 어쩌겠소. 걱정 마쇼. 망실 처리라는 게 있응게."

나는 웃었다. 오동순씨의 목록이 궁금했다. 전화를 끊기 전 나는 물었다.

"상여 소리꾼 어르신 말이에요. 어떻게 되셨어요?"

"기억하시네요이? 양동섭 어르신 가신 지 한 7년 됐으까. 우리 백부는 아직 살아 계시고요. 백세 넘겨 사실 양반을 어찌 이게불겠다고 그런 약속을 하셔. 그냥 우스워 죽지라. 전 선생, 내 월급 나올 때 완도에 한번 놀러 오쇼. 아직 여그는 청청한게."

나는 그러겠노라고 약속했다.

경진 학생에게서 짧은 메일이 왔다.

"여기도 괜찮아요, 교수님. 할머니 돕다가 다음 학기에 올라가려고요. 그리고 죄송하지만 바람 좀 쐬게 오만원만 보내주세요. 양경숙씨한테서 받으면 갚을게요. 계좌는 수협이고요ㅜㅜㅜ"

이 녀석 보게, 나는 절로 손을 뻗어 빨간 펜을 집어 들었다. 마침 딸아이가 저녁 드시라고 서재 문을 열었다가 눈을 동그랗게 떴다.

"아빠, 이젠 집에서도 마스크 껴?"

딸아이는 마음 한군데 무너진 사람을 보듯 나를 바라보았다. 나는 딸아이에게 웃어 보였다. 아직 우리는 괜찮았다.

어떤 이야기는 뒤로 미루어진다. 그 사람이 죽어 사라지면 아마 쓸 수 있으리라고 생각한다. 그리고 그런 날이 온다. 그런 날이 와도 이야기는 쓰이지 않는다. 겨우 그를 보낸 이야기나 쓰고 만다.

소설집에 그런 소설이 여럿 있다. 어떤 이야기는 시간이 지나도 끝내 쓸 수 없을 것이다. 그럼에도 나는 묵은 숙제처럼 끙끙거릴 것이다.

소설집을 묶으며 자꾸 무엇인가에게 진 느낌이 든다. 생활일 수도 있고 시간일 수도 있으며 두렵게도 문학일 수도 있다.

오랜만에 묶는 소설집이라 편편이 한데로 뭉치는 느낌

보다 여러 무늬로 흩어진 감이 있다. 몽골 이야기가 많았던 세번째 소설집 『늑대』에 잇대어 있는 작품이 있는가 하면 세월호참사 이듬해에 쓴 소설도 있다. 거처를 순천으로 옮기고 나서는 고향으로 기운 마음을 담은 소설이 두어편 된다. 그사이에 코로나 팬데믹을 건너왔다. 숨 쉰 만큼만 썼네, 하고 돌아보며 반성했다.

한편 한편 쓸 때 내 마음이 어땠는지 흐릿하다. 예전에는 없던 일이므로 오래 생각한다. 숨 쉰 만큼이라고 했는데 작품을 쓰던 마음은 잊었지만 소설 이전, 그러니까 삶으로 생짜였던 시간은 또렷이 기억한다. 정면을 응시하지 못한 부끄럼이 찜찜하게 남아 있다.

못다 쓴 이야기, 꼭 쓰고 싶은 소설이 아직 내게 있다고 믿는다.

편집부의 이진혁, 박지호 선생의 노고에 감사드린다. 시 한 구절을 빌려준 김중일 시인, 원고를 먼저 읽고 덕담을 건네준 최진영 소설가에게도 감사의 마음을 전한다.

2024년 6월 3일
전성태 드림

| 수록작품 발표지면 |

깡통······『문학사상』 2019년 6월호

숲으로······『학산문학』 2019년 겨울호

가족 버스······『우리는 행복할 수 있을까』(예옥 2015)

합석······『Axt』 2017년 5/6월호

상봉······『창작과비평』 2019년 겨울호

조용한 생활······『창작과비평』 2023년 봄호

이웃······『멜랑콜리 해피엔딩』(작가정신 2019)

섬으로 가는 엉뚱한 여행······문장웹진 2022년 9월호

여기는 괜찮아요······『보보담』 2020년 여름호

여기는 괜찮아요

초판 1쇄 발행 • 2024년 6월 21일

지은이 / 전성태
펴낸이 / 염종선
책임편집 / 이진혁 박지호
조판 / 박지현
펴낸곳 / (주)창비
등록 / 1986년 8월 5일 제85호
주소 / 10881 경기도 파주시 회동길 184
전화 / 031-955-3333
팩시밀리 / 영업 031-955-3399 · 편집 031-955-3400
홈페이지 / www.changbi.com
전자우편 / lit@changbi.com

ⓒ 전성태 2024
ISBN 978-89-364-3955-2 03810

* 이 책 내용의 전부 또는 일부를 재사용하려면
  반드시 저작권자와 창비 양측의 동의를 받아야 합니다.
* 책값은 뒤표지에 표시되어 있습니다.